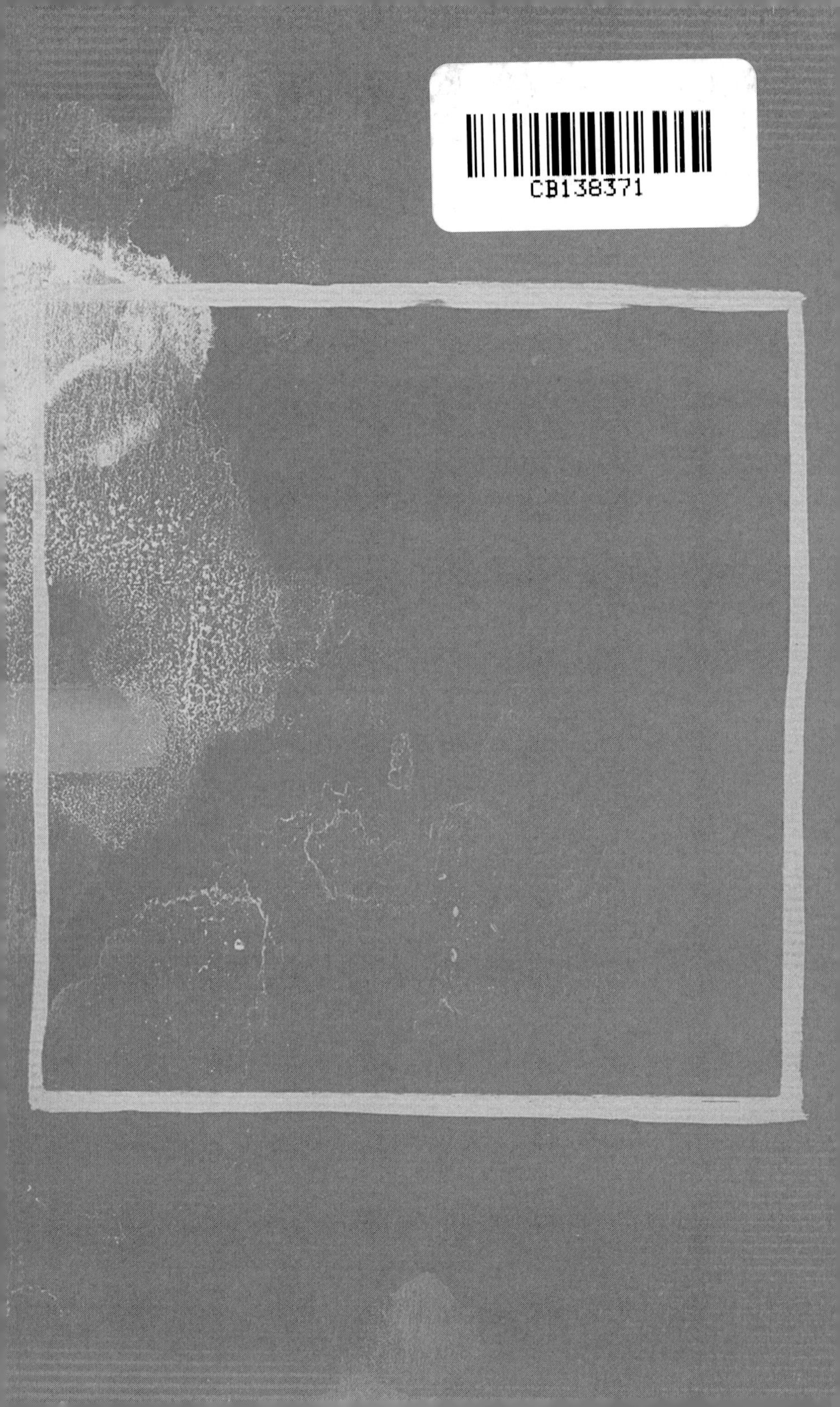

O INFINITO NO MEIO

PRISCILLA MATSUMOTO

1ª edição

Editora Draco

São Paulo

2017

Priscilla Matsumoto
é formada em Produção Cultural pela UFF e em Roteiro pela Escola de Cinema Darcy Ribeiro. Foi, por dez anos, dramaturga e figurinista da companhia teatral que fundou com os amigos. Largou a faculdade de Moda, mas divide o tempo entre a costura e a escrita. Suas inspirações vão de Albert Camus ao grupo CLAMP, passando por Haruki Murakami e Anne Rice. Seu romance *Conto Noturno da Princesa Borboleta* foi finalista do Prêmio SESC de Literatura 2011/2012. Publicou o romance *Ball Jointed Alice - uma história de amor e morte* e contos pela Editora Draco.
Blog aladablog.wordpress.com Facebook.com/aladablog

Publisher: Erick Santos Cardoso
Edição: Erick Santos Cardoso
Produção editorial: Janaina Chervezan
Capa, foto e ilustração: Marcella Matsumoto

Dados Internacionais de Catalogação na Publicação (CIP)
Ana Lúcia Merege 4667/CRB7

M 434

Matsumoto, Priscilla
O infinito no meio / Priscilla Matsumoto. – São Paulo : Draco, 2017.

ISBN 978-85-8243-216-7

1. Ficção brasileira I. Título II. Série

CDD 028.5

Índices para catálogo sistemático:
1. Ficção : Literatura brasileira 869.93

1ª edição, 2017

Editora Draco
R. César Beccaria, 27 — casa 1
Jd. da Glória — São Paulo — SP
CEP 01547-060
editoradraco@gmail.com
www.editoradraco.com
www.facebook.com/editoradraco
Twitter e Instagram: @editoradraco

PRÓLOGO

Eu queria ser duas pessoas.

A vida seria ideal se eu fosse duas pessoas.

Não sei se alguém já desejou algo semelhante. Com certeza já. Nossos sentimentos são inéditos apenas para nós mesmos. E essa sensação de exclusividade é que nos tira do eixo. Todos os sentimentos já foram sentidos por todo mundo. Não sou única.

Mas isso não desata minha questão.

Saber disso não abranda minha luta.

Eu queria ser duas pessoas.

E, como não posso ser duas pessoas, passei a viver pela metade.

Meu nome é Cecília e para mim o tempo parou.

Isso não é uma metáfora.

PARTE I: MEIO

1

Gosto de ficar no escuro, de caminhar pelo longo corredor do apartamento até o meu quarto, de madrugada, em completo breu. Minhas trevas são opcionais; lâmpada alguma jamais queimou porque, aqui dentro, as coisas não estragam, não sofrem o peso do tempo que as fariam perecer. Não há poeira no ar daqui e o motivo disso não consigo imaginar. Cheguei até a duvidar da existência do ar. Mas eu respiro. Esta é uma certeza. Não sou um fantasma, não morri. Já vi fantasmas, sei exatamente como são, e eles não têm nada a ver comigo.

Eu tenho carne e substância. Tenho um corpo. Apesar de não precisar comer – minhas células nunca perderam nutrientes desde que o tempo parou –, sou saudável. E, obviamente, não envelheço. Vocês podem ter a impressão equivocada de que sou uma espécie de vampiro. Também já conheci um e garanto que inexiste qualquer semelhança entre nós. Por isso, é desnecessário dizer que o sol não me incomoda e que não preciso beber sangue para me nutrir (não necessito de *nenhum tipo* de alimento). Contudo, a maior diferença entre um vampiro e eu é que aquele não passa de um espírito – se é que podemos chamar assim – velho num corpo jovem. Enquanto eu tenho a mente tão inexperiente e imatura quanto meu corpo, por mais que meu discurso eloquente possa vir a enganá-los. É provável que minha razão e meu emocional tenham sido privados do desenvolvimento adequado devido ao meu confinamento no "infinito no meio", sem me relacionar com qualquer criatura do mundo exterior, há quase trinta anos. O que não significa que eu seja sozinha. Ou que não converse com ninguém. Aqui, neste que um dia foi o apartamento onde vivi com minha falecida mãe e que há muito se transmutou no "infinito no meio", é o lar de todos os seres desabrigados do mundo das *coisas explicáveis*, o mundo lá fora. O que chamam de preternatural vive aqui. Ou, pelo menos, aparece de vez em quando.

Com frequência recebo a visita de fantasmas.

O que a maioria ignora, porém, é que eles não são obrigatoriamente espíritos de gente morta. Existem fantasmas de pessoas vivas. E era um desse tipo que mais aparecia para mim: meu irmão Vicente aos 25 anos, a idade que tinha quando o vi pela última vez. Ele sempre surge com sua farda da aeronáutica, azul-imaculado, e sua gritante barba ruiva. Vicente era ruivo – o único da família sabe-se lá por qual aleatoriedade genética – e seus cabelos luminosos destoavam do tom castanho comum do restante de nossos parentes. Eu sou igual aos outros.

O fantasma do meu irmão conversa comigo, pergunta como estou, recorda nossos mais belos dias juntos. Vicente me olha e fala comigo como se fosse de carne e osso; entretanto, todas as vezes que tento tocá-lo, sua imagem se esvai da minha visão.

Vicente é a maior dor que já existiu dentro de mim.

Vocês me perguntam como sei que me encontro na mesma situação *há quase trinta anos* se para mim o tempo parou. Parece um paradoxo, mas a resposta é bem simples: *lá fora* nada mudou. Os dias passam, as noites chegam, as horas e os anos se vão. Eu sei disso. Eu *vejo*. Porém, das janelas e das portas para dentro, tudo permanece imutável. Os poucos aparelhos eletrônicos e os eletrodomésticos não pifam ou param de funcionar. Suas peças são como minhas células: estáticas. Sendo assim, recebo as informações do exterior através de uma televisão e um rádio que já eram antigos antes do "infinito no meio". Eu acompanho o mundo que a mídia me permite acompanhar, o mundo que vejo através das minhas janelas, mas este mesmo mundo ignora minha existência. Vivo numa ilha de esquecimento.

Vivia, até Nathan aparecer.

Quando vi Nathan pela primeira vez, não soube dizer se quem estava parado à minha porta era um garoto ou uma garota. Bem mais alto que eu, esguio e de estrutura delicada, apesar dos ombros largos. Seu rosto, branco empoado. Os cabelos muito finos, mas em abundância, cobriam-lhe a testa. Tinham uma linda cor castanha bem escura e logo despertaram em mim uma admiração inquieta. Ele parecia um jovem nobre em uma corte francesa rococó, só que sem a peruca espalhafatosa. Seus ares aristocráticos faziam com que o uniforme de entregador parecesse um disfarce. Ou uma piada. Nathan tinha olhos pintados a mão por um verdadeiro artista. Seu perfume era doce e marcava presença. Não pude deixar de convidá-lo para entrar. Mesmo porque ninguém havia tocado a campainha do "infinito no meio" antes dele.

Ele me cumprimentou com voz tímida e formal.

Eu estava aturdida demais para falar. Provavelmente me julgando mal-educada e blasé, Nathan estendeu o embrulho da farmácia e me informou o valor devido.

– Eu não pedi nada – foi tudo que consegui balbuciar.

– Não pediu?

Ele era educado demais para perder a paciência, mas seu olhar me dizia: "Isso não é problema meu. Se você não pagar a conta, o dinheiro vai ter que sair do meu bolso". Como eu o explicaria que não tinha dinheiro algum comigo? Se por acaso procurasse pela casa, encontraria algumas notas espalhadas pelas gavetas dos móveis, contudo como eu justificaria serem estas de cruzeiro?

– Não liguei para a farmácia, mas não quero te prejudicar. Entra.

Convidei-o, porém não tinha certeza se ele seria de fato capaz de entrar no "infinito no meio".

– Qual o seu nome?

Ele me respondeu, me encarando como se eu fosse louca, e deu alguns passos acanhados para dentro.

– Sou Cecília – esforcei-me para soar normal.

Rezei para que nenhuma criatura do "infinito no meio" surgisse enquanto eu entrava no quarto, deixando Nathan sozinho na sala. Sobre minha cômoda, havia um porta-joias, do qual tirei uma tornozeleira de prata. Era um presente de Vicente, meu irmão mais velho, como todas as outras tantas joias que eu guardava ali. Aquela não me faria falta.

– Aqui – voltei à sala e ofereci a tornozeleira ao entregador. – Você consegue no mínimo três vezes o valor da nota se vender isso.

Ele obviamente não fazia ideia do que se passava comigo e me encarava quase como se eu fosse perigosa.

– Posso telefonar para a farmácia e explicar a situação da senhora.

– Não me chame de senhora. Quantos anos você tem?

– Dezoito.

– Então...

Vendo que estava prestes a dizer minha idade aparente, 22 anos quando o tempo parou, calei-me. Não me soaria natural apenas pronunciar o número, ignorando os anos sobressalentes que vivi sem envelhecer.

– A joia que te dei vai servir para cobrir o desconto no salário, é prata.

– Não é isso... – murmurou ele.

– Você aceita um copo d'água?

Quando vi que ele estava se virando para a porta, prestes a tocar na maçaneta, quase ofereci uma das garrafas de conhaque que meu pai havia deixado para trás quando nos abandonou. Todos tinham ido embora. Primeiro meu pai. Depois, meu amado irmão. Por último, minha mãe. Permaneci sozinha – com exceção das criaturas sobrenaturais mencionadas – até o momento em que aquele entregador de farmácia tocou minha campainha.

Foi quando, sem qualquer motivo, decidi abrir o embrulho que Nathan havia trazido. Pensei que meus olhos fabricavam o que eu via em conluio com minha imaginação. Cinco caixas do barbitúrico que meu irmão costumava tomar todas as noites. Cinco caixas. A exata quantidade que seu médico prescrevia toda vez que ele marcava uma consulta. Se não me falhava a memória, a venda daquele tipo de medicamento fora proibida há anos. Na época, já era conhecido seu alto grau de dependência e a possibilidade de morte por depressão respiratória e cardiovascular se administrado em excesso, mas, ainda assim, o médico de Vicente os receitava. Meu irmão era considerado por todos, inclusive pelo doutor da família, um homem de responsabilidade e caráter exemplares. E, se tomasse sua medicação na dose correta e nos horários adequados, sua conduta seria irrepreensível. Apenas eu conhecia os verdadeiros sofrimentos do meu irmão, seu lado obscuro, suas fugas e perturbações. Eu era a única que esfregava suas mãos trêmulas, recolhia suas lágrimas e prendia sua cabeça junto ao meu peito, murmurando que tudo ficaria bem. Suas crises passavam. Ele ingeria sorrisos e mentiras, como diria Sylvia Plath, e seguia seu caminho.

Chorei. O saco de papel rasgado na mão, os olhos assustados de Nathan sobre mim. Nada havia naquele mundo nem no outro lá fora que fosse capaz de impedir meu choro. Não há coisa alguma concreta, abstrata ou metafísica que nos impeça de chorar.

Quantas vezes eu havia chorado por Vicente?

Quase tantas quanto por mim mesma.

O menino se aproximou de mim e fez menção de me tocar. Retraí meu corpo. Pedi a ele, entre soluços, que fosse embora.

Antes de sair, seu olhar apontou as caixas de remédio que eu tinha acabado de derrubar no chão, temeroso.

– Mesmo que eu tentasse, tenho certeza que não conseguiria morrer – tranquilizei-o.

No fim daquele mesmo dia, quando me deitei para dormir, senti seu cheiro nas juntas da minha mão direita e me perguntei quando ele a havia tocado. Como o fez sem que eu percebesse? Ou fui eu que, sem me dar conta, aproximei minha pele da dele? O fato era que seu perfume perdurou junto a meus poros durante todo aquele dia. Meu espírito sonhador tentava me convencer de que havia algum significado naquela percepção tão repentina.

Será que Vicente sentiria ciúmes de Nathan, se por acaso soubesse dos sentimentos e sensações refletidos em mim por aquele encontro? Vicente *jamais* saberia, mas ainda assim... Nathan era quase tão feminino quanto eu e certamente mais gracioso. Não haveria motivo para ciúme. Uma relação carnal entre nós dois era impensável... Tanto quanto teria sido inconcebível qualquer envolvimento semelhante entre Vicente e eu. Estava bem no meio desse pensamento doloroso quando subiu ao meu nariz o perfume, depois de tantas horas ainda grudado na minha mão.

Minha existência, por essência solitária, havia se acostumado com a falta da companhia de semelhantes. Entretanto, uma vez que o mundo exterior tinha aberto uma frestinha em sua crosta impenetrável e expelido Nathan para dentro do meu "infinito no meio", tornou-se impossível retornar à suposta tranquilidade de antes. Uma vez parte do meu universo particular, mesmo que durante poucos minutos, Nathan se acoplou às suas paredes e transformou sua ausência num pequeno buraco negro. Minha paz era suavemente sugada para dentro de sua falta.

Levantei da cama em agonia. Eu sentia sede, por mais que não necessitasse ingerir líquidos, da mesma forma que sono, mesmo que as noites só existissem lá fora (mas a claridade e a escuridão entravam por minha janela). Bebi um copo inteiro d'água na cozinha, enchi-o novamente e o coloquei sobre a mesinha de cabeceira. Fui até meu armário e o abri, na esperança de encontrar o vampiro que dormia lá de vez em quando, fugindo da luz do dia que logo viria. Escutaria com prazer alguma de suas histórias sanguinolentas de matança, mais agradáveis que as lembranças que afloravam em mim naquela madrugada. Esse pensamento me assustou. Como eu era egoísta e me tinha me tornado mais fria que um morto, mesmo em vida. Nessa subvida. Mesmo depois de tantos anos, não me sentia à vontade com meus próprios sentimentos. Dizem que o tempo cura tudo. Mas para mim, o tempo parou. Minha ferida jorra sangue.

Na manhã seguinte, eu contemplava os pontinhos luminosos que pairavam rente ao vidro da janela da sala. Chamava-os *fadas*, mesmo que aquelas minúsculas moças fulgurantes jamais tenham falado comigo e se apresentado propriamente. Elas emitiam um som muito agudo, mas em volume baixo, que tinha a propriedade de me acalmar. As fadinhas não conversavam comigo, nem olhavam na minha direção por mais que eu tentasse capturar sua atenção. Certa vez, cheguei a envolver o corpinho de uma delas com a mão, mas a reação foi uma elevação de temperatura tão grande que ganhei uma queimadura de primeiro grau. Ainda arde, por isso ponho compressas nessa mão (a direita, por sorte – sou canhota) todos os dias desde então. Nenhuma ferida se cura aqui. Às vezes, me pego imaginando como seria se eu acidentalmente me cortasse. Meu palpite é que o machucado sangraria sem cessar – o que faria a alegria do vampiro hóspede do meu armário. Ou então, o sangue estancaria, mas o corte continuaria aberto. Lembro que, certa vez, reuni coragem e perguntei ao vampiro por que ele não se alimentava de mim.

– Nenhum sangue corre neste lugar – foi sua resposta.

Ponderei sobre essa declaração dias a fio sem, contudo, chegar a qualquer conclusão sobre seu significado. Não tenho como saber até que de fato ocorra, por isso prefiro ignorar a resposta. Não há fórmulas para o que acontece aqui dentro.

Do lado de fora da minha janela, há uma praça. Nela, um parquinho para crianças, antigas mesas de xadrez, um recente conjunto de aparelhos para ginástica e até uma pequena ciclovia. A praça é frequentada por gente de todas as idades. Os aposentados nunca largam seus jogos de dama e cartas, não importa a hora ou o dia. Contudo, sei que é fim de semana quando a praça fica repleta de mães com suas crianças brincando no parquinho. Nos dias úteis, enche-se de trabalhadores que partem e chegam devido à estação de metrô localizada a um dos lados da praça; bem como de jovens dos colégios próximos, que se espalham pelos bancos para bater papo e namorar – e, no fim da tarde e à noite, beber e fumar. Um dia, fui uma daquelas adolescentes. Agora era a vez de Nathan. Sua figura peculiar se destacava num dos bancos. Vestido com o uniforme da farmácia, aquela tenebrosa camisa polo verde-bandeira disfarçada por um moletom acinzentado, ele fumava um cigarro. Notei como suas calças eram justas e pareciam ostentar certo orgulho das pernas longas e elegantes. Do ângulo em que eu o observava, seu rosto estava coberto completamente pelos cabelos densos.

Não muito longe dali, um pequeno grupo de garotos com o mesmo uniforme ocupava outro banco. Apesar da camisa igual, sua aparência era tão diferente de Nathan quanto poderia ser. Em geral um pouco mais baixos, mais fortes, mais queimados de sol. Os cabelos eram batidos e um deles usava boné. Não dava para escutar de onde eu estava, mas supus que suas vozes seriam mais graves e menos afeminadas que a de Nathan. A atitude do outro grupo de garotos o repelia e, de qualquer maneira, ele não devia fazer questão de andar com gente como aquela. Por mais que seus colegas de trabalho fingissem simpatia, Nathan sabia que fariam piadas sobre ele depois.

"Esse mundo não é pra mim", pensaria ele. Eu pensava o mesmo.

Esse mundo não é pra mim.

Esse mundo não é pra nós, Vicente.

Tantas vezes repeti essa frase como um mantra. Quando estava com Vicente ou mesmo sozinha. Mas quem se importa? Não o mundo-que-não-era-para-nós. Nossas vozes pequenas, de pessoas pequenas, ao longo dos anos – talvez por culpa de algo que nunca entendi e que chamam *modernidade* – perderam o caráter revolucionário. Desbotaram. Nossas vozes *acostumaram* as pessoas. Viraram a sombra de uma revolta. Não por culpa nossa, é claro. De qualquer forma, sempre admirei mais a sombra que um objeto incide do que o objeto em si. O suave delinear das coisas me atrai mais que o excesso de luz. Que sejamos essa sombra, então... Eu divagava nestas reflexões e, quando dei por mim, Nathan tinha sumido.

Segundos depois, minha campainha tocou.

– Vim te devolver isso – ele empunhava a tornozeleira. Seu rosto estava coberto por maquiagem corretiva, provavelmente base e pó. Suas sobrancelhas tinham sido desenhadas a pinça.

– Já disse que não tem problema.

Ele não aceitou minha recusa e apertou a corrente prateada contra a palma da minha mão direita. Devido à antiga queimadura, a pele ardeu ao contato. Deixei escapar um curto gemido de dor.

– Te machuquei? Desculpa, não queria...

– Não é culpa sua.

Sua pergunta seguinte veio brusca e despropositada.

– Posso fumar na sua janela?

Mesmo ressabiada com sua intenção de permanecer no meu apartamento, não tive outra escolha a não ser permitir. Por sorte, as fadas haviam desaparecido.

– Quer um cigarro? – ofereceu.

– Não fumo.

– Que pena. Quer dizer, que bom – e sorriu.

Os pés enraizados junto à porta, não consegui me mover nem quando ele passou por mim e se encaminhou ao beiral da minha janela.

– Você tem um cinzeiro?

Dei-lhe o cinzeiro de cristal que ficava sobre a arca da sala.

– Pelo seu jeito de ontem, me admira que tenha voltado aqui – um dos problemas desta minha *condição* é que certos comportamentos movidos pelo tato social são descartados por completo.

– Já que você é direta, vou te falar a verdade. Vim porque te achei estranha.

Arregalei os olhos, mais por interesse que por surpresa.

– E como eu também sou estranho...

E como você *também* é sozinho...

– Só você mora aqui?

Fui até a janela e encostei meu cotovelo no beiral, próximo ao de Nathan.

– Sim. Meu pai e meu irmão foram embora. Não juntos... Meu pai primeiro, meu irmão depois. E minha mãe faleceu.

– Isso tem muito tempo?

Pus-me a refletir se aquela era uma pergunta adequada ao que eu tinha acabado de dizer.

– Vai fazer trinta anos.

De alguma maneira, Nathan já sabia. Soube o tempo todo.

– Quando eu era pequeno, minha mãe me trazia para brincar nessa praça. Aos seis anos foi quando te vi pela primeira vez, aqui nessa mesma janela... Ou será que foi na do quarto? A moça de cabelo comprido e rosto assustado. Aos treze, enquanto matava aula com meus colegas, foi a segunda vez. A mesma moça, de cabelo comprido e olhos perdidos. Como você não parecia nem um pouco mais velha, pensei que fosse outra pessoa, uma irmã, prima, qualquer outra parente. Então, anteontem, te vi pela terceira vez. Doze anos depois e a mesma aparência. Nem um dia a mais. Não tive como não vir aqui na primeira chance.

– E como você sabia dos remédios? – sobressaltei-me.

– O que têm eles? Você não disse que não pediu? Por sorte, dentre as minhas entregas havia esse embrulho sem endereço, provavelmente a atendente tinha se esquecido de anotar, sei lá. Também não me interessei muito em saber... – fez uma breve pausa. – Como você faz isso?

– Eu não faço nada, na verdade – soltei uma risada amarga.

Ele me olhou como quem suga uma resposta de dentro do meu subconsciente, como quem zomba dos meus segredos, sem abrir espaço para qualquer cinismo. Roubei de seus dedos o cigarro de filtro amarelo pela metade. Afundei a brasa no meio de seu braço, logo abaixo da barra da camisa verde. Nathan deixou escapar uma exclamação de dor e, num reflexo, afastou o braço.

– Enquanto você continuar aqui dentro desse apartamento – expliquei, – essa dor não vai passar. Você não vai sentir fome, nem sede, e seu corpo não vai envelhecer um segundo sequer.

– Como você sabe? – perguntou, incrédulo.

– Eu sou a prova. Você mesmo viu. A garota na janela de aparência inalterada. – A garota que deveria ser uma mulher de 50 anos.

– Não é isso... Eu quero dizer, como você sabe que é o lugar e não *você*? Como pode prever que comigo vai acontecer o mesmo?

– A dor da queimadura passou?

– Não, mas acabou de acontecer.

– Você pode ficar o dia inteiro aqui, não me incomodo. Não tenho como provar meu ponto de outra forma.

– Adianta eu te perguntar a razão de tudo isso?

– Não.

– Você aceitou essa situação como se fosse a coisa mais normal do mundo? – Ele me olhava como se duvidasse da minha existência, como se ponderasse se eu não seria fruto da sua imaginação.

– Que escolha eu tenho?

– Sair daqui!

– Eu não posso *sair* – afastei-me dele e caminhei apressada até meu quarto. Na verdade, era o antigo quarto de Vicente que ocupei depois de sua partida e do falecimento de nossa mãe.

Nathan me seguiu e, quando me alcançou, eu já estava encolhida na cama que um dia havia sido do meu irmão. O cheiro de Vicente emanava da colcha como se ele ali tivesse dormido na noite anterior. *Trinta anos* e, ao mesmo tempo, *nenhum dia*. Desde que Vicente foi embora. Desde a morte da nossa mãe. *Trinta anos* e *nenhum dia*.

– Por quê? – sentou-se na beira do colchão.

– Não posso.

– Alguma coisa te prende? Se eu posso entrar, por que você não pode sair?

– Porque você não sou eu!

Fiz uma pausa para que minha voz voltasse ao tom normal.

– Você nem deveria estar aqui.

– Foi você que me disse pra ficar.

– O seu machucado... – murmurei.

– Meu machucado ainda tá doendo! – dessa vez foi ele que se alterou. – Eu acredito em você, tá bom?

– Tudo bem. Mas saia da cama do meu irmão, seu perfume vai pegar na colcha e eu vou perder o dele.

Ele riu e se levantou. Pôs outro cigarro nos lábios. Nathan tinha uma risada meio tímida, meio ignorante. Seu riso dava a impressão de não estar entendendo absolutamente nada. Gargalhadas, assim como frases, têm seu nível de inteligência e compreensão. Por mais que o discurso de Nathan soasse esperto, sua risada o entregava.

– Você fuma demais para um garoto.

– O cigarro me faz companhia quando tô sozinho, ou seja, quase o tempo todo.

Você não tá sozinho agora.

Sim, ele estava sozinho. Eu não contava. Acabara de me conhecer e sequer tinha certeza da minha existência. A moça na janela, de cabelos compridos e olhos perdidos, era uma falha na ordem estabelecida. Nathan tragou seu cigarro em silêncio, encostado à parede próxima à janela do quarto, aproveitando a companhia que o vício lhe fazia.

Assim que terminou de fumar, Nathan deixou meu quarto sem dizer palavra.

Ouvi a porta se fechando na sala.

A tornozeleira ainda estava apertada na palma da minha mão direita que ardia.

Por mais que não tivesse aderido à colcha da cama, seu perfume se espalhou por todo lugar. Doce, quase enjoativo; mas com notas soturnas, pesadas como o odor das flores de velório. Nathan não significaria coisa alguma para mim se eu cruzasse com ele na rua, na época em que caminhava lá fora. Um menino afeminado, frágil, bonito. Porém um rapaz como qualquer outro. Gente comum como eu, sem brilho, sem destaque – exceto por essas nossas esquisitices. Ele, o menino maquiado. Eu, a esposa do irmão. Contudo, nosso tempo jamais foi o mesmo e, por uma *falha na ordem das coisas*, nós estávamos juntos.

Não havia como mudar isso.

2

Nathan voltou no dia seguinte, à noite. Estava quase irreconhecível. No lugar do uniforme surrado, usava uma camisa de seda bordô, com um colete preto por cima, e calça justíssima de couro. Na cabeça, chapéu preto de abas largas. Seu rosto apresentava o mesmo pó claro, porém desta vez contava com lábios pintados da mesma cor da camisa e olhos delineados.

Disse que ele estava lindo.

Ele riu aquele riso de quem nada entende e me estendeu a mão. Nela, havia um aparelho celular. Já tinha visto um daqueles em propagandas na televisão, mas nunca ao vivo.

– É da minha mãe. Ela acha que perdeu.

Quando eu estava prestes a repreendê-lo, ele continuou:

– Nem vem brigar comigo, vou comprar um novo pra ela com meu próximo salário.

Nathan pegou minha mão esquerda, a que não era queimada, e pousou o celular ali.

– Vou sair hoje e mandar algumas coisinhas pra esse celular. Quero que você receba e veja com atenção. Sabe fazer isso?

Fiz que não.

Ele me mostrou como eu deveria fazer para ler mensagens e abrir eventuais vídeos que viessem com elas.

– E o volume fica aqui do lado, ó.

Mais fácil do que eu imaginava.

– Mas pra que isso? – perguntei.

– Você vai ver – ele sorriu.

Quando Nathan se virou para sair, quase implorei que não fosse embora. Apenas olhar seu rosto com toda aquela maquiagem que jamais usei, seu corpo disposto a sair na noite e ser livre, a aba do chapéu que escondia parte de seus olhos e lhe dava ares de feiticeiro... Tudo isso preenchia a atmosfera do meu "infinito no meio", junto com seu perfume, me passando a impressão de viver uma vida de verdade.

Mais tarde, chegou a primeira mensagem.

O fantasma de Vicente estava sentado ao meu lado no sofá quando a abri. Nada escrito, apenas um arquivo de vídeo que eu precisava descarregar. Segui as instruções prévias e executei o vídeo. Nele, Nathan caminhava por uma rua movimentada, a passos rápidos de quem tem pernas longas, um copo de plástico na mão. Uma risada masculina indicou que outra pessoa, obviamente, segurava o aparelho cuja câmera cambaleante enquadrava Nathan. Durou pouco mais de dez segundos.

Meia hora depois, veio o segundo vídeo. Dessa vez era Nathan que segurava a câmera, apontada para o próprio rosto, enquanto ele abria espaço numa pista de dança lotada. A música era pesada, sombria, e seu instrumental fazia lembrar ruídos de máquinas industriais. Uma voz grave, assustadora, cantava num idioma que parecia ser alemão. O visor se afastou do rosto sorridente de Nathan quando ele, ao que parecia, encontrou uma amiga. Enquanto ele a cumprimentava, minha visão foi para os coturnos que pisoteavam a pista de maneira ritmada.

Recebi diversos vídeos como aqueles durante toda a madrugada. Nathan dançando na boate, bebendo com os amigos, comprando uma garrafa de vodca no bar da esquina, conversando com uma amiga gótica sobre maquiagem, flertando com um rapaz tatuado e de moicano, retocando o batom num espelhinho, pedindo isqueiro emprestado para um estranho... Durante as exibições daqueles vídeos, senti que estava lá com ele. E, ao mesmo tempo, enxerguei com uma clareza inédita a realidade do meu isolamento. Aqueles filmes pareciam pura ficção. Imagens forjadas de um mundo inventado.

Quando tentei tocar a mão do fantasma de Vicente, dei-me conta de sua falta de matéria pela milésima vez.

– Você não é real – disse a ele. Depois, indiquei a tela do celular na qual o último vídeo rodava novamente. – Isso é real.

– *Você* não é real – respondeu Vicente.

As lágrimas correram pelo meu rosto.

Os olhos muito escuros do fantasma de Vicente eram complacentes. Mas eu sabia se tratar apenas do efeito dos barbitúricos.

Quanto mais expressiva sua comoção inerte, mais eu chorava, maior era minha angústia. Eu queria estar lá fora, de mãos dadas com Nathan enquanto ele abria caminho na pista de dança até encontrar um lugar menos lotado para ficar. Queria vê-lo beijar outro menino igual a ele, e depois me beijar, nossas bocas com gosto de batom e cerveja. *Isso era real.* Não importava o que afirmasse o fantasma do meu irmão. Eu queria dormir na cama de solteiro de Nathan, nós dois com as mesmas roupas da noite anterior e os cabelos cheirando a cigarro, até que a mãe dele nos despertasse na manhã seguinte dando bronca. Queria tomar um café na padaria com ele, para curar a ressaca, admirando sua mão pálida empunhando mais um cigarro de filtro amarelo, gesticulando, enquanto reclamava da dor de cabeça ou ria do que acontecera na festa. Queria chorar sim, mas de emoção quando ele me mostrasse uma música bonita. Queria sentir raiva, mas só dos garotos asquerosos que zombavam dele na rua. Queria poder brigar e fazer as pazes. Esquecer o que me deixou irritada ou triste. Trabalhar a semana inteira num lugar enfadonho na esperança do próximo fim de semana, da próxima festa com Nathan.

Dei-me conta do celular na minha mão e procurei o número que tinha enviado as mensagens. Disquei-o. Nathan atendeu depois de muitos toques.

– Você viu? – sua voz estava cheia de entusiasmo, alta para se fazer ouvir mesmo com o barulho ao fundo. – Quero que venha comigo da próxima vez!

– Nathan...

– Tá chorando? O que houve?

Eu não tinha o que dizer. Telefonara somente para ter companhia enquanto chorava, para não ser obrigada a aguentar a compaixão do fantasma de Vicente. E Nathan me ouviu chorar, em silêncio, fazendo questão de dizer que estava ali através da respiração dissimuladamente profunda.

– Tô indo aí – disse ele, minutos depois.

Amanhecia e o fantasma de Vicente já havia desaparecido.

Estávamos os dois sentados à mesa da cozinha, Nathan comia uma maçã enquanto contemplava fascinado os pontinhos luminosos que pairavam em volta do cesto cheio de frutas que jamais apodreciam. Seu chapéu jazia sobre o assento da terceira cadeira.

Do bolso do meu vestido florido, tirei a tornozeleira que lá estava desde o dia anterior. Fechei-a em torno do pulso de Nathan. Ele não protestou, apenas deslizou o olhar na minha direção.

– Foi seu irmão que te deu? – perguntou.

– Foi. Mas tudo que eu tenho ganhei dele, então pode ficar.

– Não vou recusar dessa vez.

Sorri, sem graça. Nathan não sorriu de volta. Seus olhos graves pareciam perdidos em algum ponto do meu rosto.

– Saiu tudo – apontei para seus lábios.

– Perdi meu espelho, que merda.

Estendi a mão. Compreendendo meu gesto, ele vasculhou o bolso da calça até encontrar o que eu queria. Tirei a tampa do batom e girei sua base. A cor era bem pigmentada, escura e opaca. Tive vontade de experimentá-lo, mas não havia aonde ir usando aquilo. Inclinei meu corpo para frente e apoiei a mão direita em seu joelho esquerdo, enquanto pintava seus lábios, tingindo-os de vinho profundo. Como o batom era bastante fosco e quase não deslizava, tive que aplicá-lo em movimentos curtos semelhantes a pinceladas.

– Não faço isso há muito tempo, mas acho que ficou bom. Pode ir no espelho da minha penteadeira ver.

– Confio em você. Tô com preguiça de andar até lá – riu. – Me dá aqui, agora é sua vez.

– Pra quê? Não vou a lugar nenhum.

– Para de ser teimosa. Só quero ver como fica.

Nathan pintou meus lábios na metade do tempo que levei para trabalhar nos dele. Depois, ajeitou meu cabelo, jogando-o para o lado e amassando-o próximo à raiz para dar volume. Seus dedos correram pelos fios, que cobriam toda a extensão das minhas costas e alcançavam a linha do quadril. Repetiu esse gesto algumas vezes, o rosto muito próximo ao meu, tanto que eu conseguia sentir o cheiro dos cosméticos que cobriam sua pele; bem como seu hálito, uma mistura de maçã e álcool. Por fim, jogou algumas mechas por cima do meu ombro e elas se assentaram sobre meus seios. Tomou distância para conferir o resultado. Não tirou os olhos de mim pelo que pareceu uma eternidade (e, dada minha situação, talvez fosse). Pensei que estivesse enxergando através de mim, tão absortos eram seus olhos, já que no meu rosto não deveria haver nada de tão instigante ou atraente. Pelo menos não para ele.

Quando eu começava a me incomodar com a situação, o movimento das fadinhas que voavam ao redor das frutas ao nosso lado se intensificou. Era como se elas tentassem capturar nossa atenção ou, até mesmo, livrar-me daquela situação constrangedora. Não que elas se incomodassem, mas naquela hora veio a calhar.

– Essas eu chamo de fadas – expliquei, apontando os pontos luminosos. – Mas elas nunca falam comigo. Acho que não me veem. Talvez nem saibam que eu existo.

Não houve nenhuma alteração na postura dele.

– Nathan, eu existo?

– Se você não existe, então eu também não.

3

Cansei de viver em torno da ausência dele.

Minhas lembranças me levam a um lugar no tempo em que havia a possibilidade de vê-lo. Um lugar no tempo em que havia uma porta ao lado da minha para bater. Em que havia seu uniforme do Colégio Militar espalhado pela casa, largado na cesta do banheiro, a camisa que eu gostava de cheirar antes do banho, antes que me fosse permitido tocar nele pela primeira vez. Tocar sem ser do jeito que dois irmãos se tocam.

Um lugar no tempo em que havia amor.

Em que *eu achava* que havia amor.

Em que havia alguma coisa.

Depois de toda a tragédia, o vazio tinha me tomado por esposa.

À medida que contava minha história a Nathan, dava-me conta dos pontos cegos na minha memória e, em meio à narrativa, conseguia me lembrar dos aspectos mais dolorosos, os quais o "infinito no meio" tinha me forçado a esquecer. Mesmo assim, não podia confessar a ele minha própria crueldade. O que eu havia feito contra Vicente era um monstro que moraria para sempre no porão da minha alma, uma criatura assustadora e escondida, em cujos olhos minha culpa jamais me permitiria olhar.

Nathan me consolou enquanto eu chorava e me deu tempo para me refazer. Mas, tão logo sentia que eu estava mais calma, voltava a insistir para que eu saísse do apartamento. Falava-me sobre o que havia lá fora: pessoas para conhecer, lugares para visitar, as mais variadas nuances de prazer e diversão. Eu o escutava com interesse e, por vezes, com um desejo pulsante de vivenciar todas aquelas coisas. Contudo, era um desejo tão velado que quase não podia enxergá-lo. Ou admiti-lo.

Minhas amarras não apenas me prendiam. Elas me marcavam. Estavam tão ajustadas às feridas que provocaram que seria mais confortável permanecer dentro de seu abraço sangrento.

A primeira vez que Vicente e eu ficamos juntos não foi na nossa casa. Nós tínhamos uma tia que morava no litoral de um estado vizinho, cuja filha amalucada acabara de falecer. Nossa prima de quarenta e poucos anos que nunca trabalhou ou ajudou na casa e só sabia criar confusão com as irmãs mais velhas – as quais, elas sim, sustentavam a família – e colocá-las contra a mãe, que lhe passava a mão na cabeça, afogara-se no mar perto de casa. Nossa mãe, que sempre nutrira raiva pela tal sobrinha, inventou uma desculpa e mandou meu irmão e eu ao velório como representantes da família. Havia pouca gente e pouca tristeza. Ninguém sentiria falta da mulher e isso me fez odiar aquelas pessoas, mesmo sem nunca ter tido simpatia pela prima distante e problemática.

– Em que eles são diferentes dela? – perguntei a Vicente, enquanto o caixão descia na cova.

Chovia. Vicente me estreitava junto a seu corpo, a mão na minha cintura. Eu tinha catorze anos. Ele, dezessete. Com essa idade, homens já podem ser nocivos. Estou fantasiando. Homens podem ser nocivos com qualquer idade.

Eu o desejava, não é mentira. E ali, em meio à podridão e à hipocrisia, eu o queria ainda mais. Naquela época não era capaz de admitir, mas tudo que havia de mais baixo e desonroso no ser humano me dava prazer. Algumas vezes era porque me sentia superior, quase um ser de luz. Noutras, fazia parte de tudo aquilo, conectada, perfeitamente homogeneizada com aquele mundo podre. A decadência humana – ali representada pela falta de amor e empatia – me punha num estado de quase excitação.

– Vamos embora.

Vicente não me respondeu. Ele era um deles.

Dormimos no mesmo quarto na casa da tia, os cômodos não eram muitos. Eu tinha ficado com a única cama, de solteiro. A ele cabia um colchonete estendido no chão. A chuva não dava sinal que pararia tão cedo, seria uma madrugada carregada pelo som das gotas grossas pingando nas telhas da casa rústica. Os sapatos de Vicente, sempre bem cuidados e lustrosos, jaziam enlameados na área de serviço. A casa estava tão silenciosa que parecia vazia. Era o tipo de silêncio enlutado, infinito, que sempre acompanha a morte. O silêncio presta luto, mesmo que ninguém mais o faça.

No nosso quarto, havia outro tipo de silêncio.

Eu e meu irmão nunca falamos muito. Sabia que isso nos tornava ainda mais estranhos, predispostos a comentários maldosos, mas na época não pensava a respeito. Não tinha o costume de questionar meu comportamento fora do padrão simplesmente porque meus olhos desfocavam o padrão. Toda e cada pessoa era esquisita, cada uma a seu modo, e eu era só mais uma delas. Esse tipo de pensamento foi bem no início, antes das coisas degringolarem e saírem do controle.

Estava sentada na cama, decidindo se deveria ou não tirar minhas meias sete oitavos na frente dele, quando Vicente tocou meus ombros. Senti o peso de seu corpo sobre o colchão. Nossos dois corpos sobre aquela mesma superfície macia e instável era a representação perfeita do estado do meu coração: confortável e afundando. As mãos dele, bem maiores que meus ombros, pareciam tremer. Seus dedos apertaram minha carne numa tentativa de acalmar os movimentos involuntários.

– Posso tirar as meias? – perguntei.

– Claro.

Eu o fiz. E tirei também o vestido preto, o sutiã e a calcinha.

Em pé, parada à sua frente, senti que se ele não me tocasse logo minha pele se descolaria e escorreria pelo corpo tal qual meu vestido. Mas eu não faria mais nada, não era capaz. Não sentia vergonha, nem medo e, por um curto instante, nem desejo. Quando a ansiedade toma conta, não há espaço para qualquer outro sentimento. Apenas olhava para ele e sabia que meus olhos deveriam parecer assustados. Como não estariam? Por mais que o amasse, ele ainda era um homem. Poucos anos mais velho que eu, mas um homem. As recordações daquele instante infinito em que eu o encarava, banhada em expectativa, remetem à percepção de que Vicente tinha ainda um rosto muito de garoto. Digo isso porque, logo depois de completar dezoito anos, suas feições se modificaram como que por magia e ele ganhou traços de homem da noite para o dia. Para falar a verdade, acredito que isso tenha se dado depois do ocorrido entre nós. Na manhã seguinte, ele já não era mais meu doce irmão adolescente, quase tão jovem quanto eu e que pouco sabia da vida. Eu, provavelmente, devo ter mudado para ele também. Uma transfiguração, parecida com a do Cristo ao ressuscitar em seu corpo glorioso. Contudo, não acreditava se tratar de glória a força que modificou nossos corpos.

Foi uma noite escura e abafada, nos braços dele.

Certa vez, li em um livro o seguinte trecho: “Verdade é que uma jovem é fácil de ser destruída. De certa forma, o próprio fato de ela conhecer o amor significa a sua destruição”.

Sinto Vicente em mim. Mesmo que sejamos duas realidades diversas e intocáveis. É difícil demais me apartar de sua sombra, não imaginar seu rosto delicado e grave, suas mãos as quais já esqueci terem um dia me tocado. Seu toque é como um sonho insone, uma eterna e insaciável expectativa dentro de mim. Nada jamais será como naquela noite e nas diversas que se seguiram. E nas tardes em que voltávamos juntos do colégio e descobríamos que nossa mãe havia saído para ir ao mercado, ou para visitar uma amiga. Ele me beijava e me tomava, ali mesmo no sofá da sala, e éramos peles grudadas, uniformes espalhados, pálpebras esmaecidas. Éramos nossa respiração delirante e também os meus gritos e gemidos. Éramos um milhão de orgasmos.

Depois, havia o jantar.

O silêncio à mesa, exceto pelo som da novela passando na TV grande da sala. Nosso pai, em sua poltrona, assistindo ao noticiário. Nós dois fingindo que fazíamos o dever de casa quando, na verdade, aguardávamos ansiosos a madrugada. Suas mãos na minha cintura enquanto eu lavava a louça, sua coxa entre as minhas coxas, debaixo da saia leve, no meio do suor do verão. Enquanto nossos pais, entorpecidos pela televisão, descansavam na sala, Vicente tocava cada parte do meu corpo na cozinha. Lambia minha orelha e recolhia meus gemidos entre seus dedos. Fazia calor. Eu me lembro muito bem do calor. Ou seria apenas a febre provocada por aquele cheiro misterioso de garoto que meu irmão exalava? Não tinha ideia do que estávamos fazendo, mas era bom. Naquela época era.

Os meninos da minha idade eram invisíveis para mim.

Mesmo em meio às festinhas nas casas das minhas colegas, as quais elas faziam questão de organizar apenas para ter uma oportunidade de se agarrar com os garotos de que gostavam atrás de um móvel, eu pensava em Vicente.

Enquanto as outras meninas tinham ídolos da música ou do cinema, aqueles homens lindos e intocáveis nos pôsteres de duas páginas das revistas adolescentes, eu tinha meu próprio homem lindo e intocável. É claro que, no meu caso, eu o tocava. Mas sabia que não deveria, que era proibido, o que o tornava quase igual a um ídolo num outdoor.

Nunca tinha me sentido atraída por qualquer outra pessoa além de Vicente.

Por isso, eu não me reconhecia quando olhava para Nathan daquele jeito.

Nathan é o mais diferente do meu irmão que alguém pode ser. Não fazia o menor sentido que me atraísse e, por um bom tempo, neguei ser de fato atração o que sentia por ele. Desconhecia a natureza daquele sentimento, já que para mim ele sempre esteve atrelado a Vicente.

Nathan também era intocável.

Ao menos para mim, uma mulher.

De início, não quis admitir que essa história é sobre Nathan. Acho que até agora não quero. Mas é. Não só sobre ele, mas principalmente. Vou me desfazer em negativas até não poder mais. É o que eu faço (e por isso estou aqui). E é isso que as negativas fazem da gente, *desfazem*. Mas preciso me ater à verdade, mesmo que ela seja uma ilusão, tal qual o tempo e a morte.

Lembro-me de quando os sonhos começaram. Sabia que dormia sozinha na antiga cama do meu irmão, mas sentia os lábios de Nathan, dentro do meu sonho, mancharem cada pedacinho da minha pele de batom. Ele sorria, os lábios úmidos, porém ainda pintados com um vermelho vivo. As pontas de seus dedos também estavam manchadas de vermelho, cor impressa no interior das minhas coxas enquanto ele as separava. Uma garota dominada por uma falsa noção das coisas, isso que eu era. Mas Nathan não se importava. Agora sinto que tenho a liberdade de contar as coisas como quero e isso é o que mais aprecio. Ser livre para contar. Mesmo que eu seja prisioneira em tantos outros aspectos. Seria incoerente se dissesse que odeio Vicente, ainda que o tenha amado loucamente? E não foi Nathan quem me fez ver isso. Eu sabia bem antes dele.

Eu odeio Vicente.

Odeio.

Amo minha mágoa. Ela é como um feto que alimento dentro de mim e que nunca vou parir nem abortar. Eu tenho a mágoa guardada no útero.

Não queria que tivesse acontecido do jeito que aconteceu. O dia em que minha mãe me levou naquele lugar e me olhou nos olhos como se eu fosse a aberração que de fato era. E isso pais sabem como ninguém – fazer de seus próprios filhos aberrações. Expurgá-los do mundo perfeito que lhes fora prometido ao nascimento, promessa esta construída pelos próprios pais, para fazer deles criaturas abomináveis que *não merecem*. Simplesmente *não merecem*. Minha mãe fez isso comigo. Porque meu pai não sabia de nada e, caso ele soubesse, teria me matado.

Até hoje não sei por que ele foi embora, meu pai. Minha mãe jurava de pé junto que ele não sabia de nada sobre Vicente e eu, pois ela seria incapaz de sujar seus lábios para contar a ele tamanha atrocidade. Meu pai foi embora porque é isso que os homens fazem. Eles têm a liberdade de ir embora sem maiores justificativas. O mesmo se deu com meu pai. Ele se foi em silêncio, sem brigas, sem discussões. Um dia, não estava mais lá. Mamãe, que nunca tinha trabalhado antes, passou a fazer doces e salgados para fora, em sua maioria para festas infantis. Talvez ela recebesse uma pensão. E havia também o salário de Vicente, que tinha acabado de se tornar sargento. Ninguém falou sobre isso, eu não tinha coragem de inquirir minha mãe sobre os motivos da separação, temendo que ela fosse me culpar. Se meu irmão conversava com ela sobre o assunto, ele o fazia longe de mim. Nessa época, eu já havia me transformado numa sombra. Isso foi antes da tragédia que nos separou para sempre e me trancou neste simulacro de vida.

4

Às vezes eu penso sobre minha situação e me questiono se não há outras pessoas iguais a mim no mundo. Não falo de pessoas para as quais o tempo parou, não ouso ser tão específica. Mas, possivelmente, existe gente que escolheu se isolar, trancando-se numa casa e cortando qualquer tipo de relação com os outros. Não deve ser muito diferente do meu caso. Com a estranha exceção que eu não envelheço. Mas estar sozinho, sem contato com outros seres humanos por longos dias ou até anos, deve provocar a mesma sensação em qualquer caso. A sensação de não ser mais *tão* humano. A de ser, também, um pouco *nada*.

Todas as manhãs, acordava pensando como aguentaria mais um dia. Em seguida, lembrava-me que não havia escolha. As horas seriam cópias de si mesmas, as pequenas irrealidades que comigo conviviam naquele apartamento não me permitiriam esquecer a aberração que eu era, a paisagem lá fora cada dia me pareceria mais distante.

Aquela manhã, porém, era diferente. Nathan fumava ao meu lado na cama, maquiado e vestido, e sua presença indicava uma nova prerrogativa que me fora dada. Eu podia escolher.

– Por que eu te deixei fumar na minha cama?

– Porque você me deixa fazer tudo que eu quero.

– Desde quando?

Vi uma série de respostas engraçadinhas passando pelos olhos dele. Mas Nathan apenas virou o rosto e soltou uma baforada no meu pescoço. Forcei uma tosse e lhe dei uns tapinhas no ombro. Ele estava certo, eu lhe daria qualquer liberdade dentro do meu apartamento, contanto que ele não fosse embora.

Agora que eu tinha a presença dele, cada minuto sozinha me

parecia penoso demais, como se os anos de clausura jamais tivessem existido. Sua entrada na minha vida havia minado minhas resistências.

– Então... – amassou a bituca no cinzeiro de cristal, o único da casa, que ele trouxera para o quarto sem minha autorização e que agora jazia sobre o criado-mudo. – Eu quero que você vá para o mundo. E você não tem intenção de me deixar sair daqui.

– Isso mesmo.

– E nem tem vergonha de admitir.

– Não. Você tem, por acaso?

Nathan revirou os olhos. Acendeu outro cigarro.

– Às vezes eu me sinto um pouco como você – disse ele.

– Como assim?

– Vivendo uma vida repetida. Os dias iguais, como se não passassem, como se amanhã fosse uma cópia de hoje, que é uma cópia de ontem.

– Se essa sua impressão for verdadeira, então talvez eu não seja anormal.

– Você não é anormal – bufou, impaciente.

– Como você sabe?

Aquela tipo de pergunta deixava Nathan nitidamente confuso. Não era a primeira vez que acontecia no nosso pouquíssimo tempo de convivência.

– Olha pra mim. Você acha que eu sou anormal? – rebateu ele.

– Você insiste em comparar a gente.

– É verdade – levantou num salto. – Não temos nada a ver.

– Aonde você vai?

– Pra minha casa. Pro mundo lá fora, já que eu *posso*.

– Não! Quero te mostrar uma coisa – minha voz deve ter saído algo infantilizada, senti vergonha do meu comportamento suplicante.

– Ceci, preciso tomar um banho e comer alguma coisa.

Não sabia se tinha algo comestível que pudesse lhe oferecer, além das frutas na mesa da cozinha. Mas meu coração derreteu quando ele me chamou pelo apelido pela primeira vez e quis menos ainda deixá-lo ir. Segurei sua mão, porém logo a larguei, temendo que ele se assustasse.

– É que... Se você for embora, ele vai voltar a me assombrar. Vicente.

– Então vem comigo!

– Não posso!

– Lá vamos nós de novo. Não tenho paciência pra isso.

– Espera, Nathan!

Ele se deteve, mas seu olhar indicava que não por muito tempo.

– Eu quero ir. Só que não posso, não sou como você, que pertence ao mundo. Não faço parte disso que tá lá fora.

Dentro do "infinito no meio", eu, uma pessoa toda partida, era capaz de existir mesmo composta de peças soltas. Meu maior medo em relação ao mundo era, caso saísse, desfazer-me por completo sob o olhar de seus habitantes e perder meus pedaços para sempre.

– O que você quer me mostrar?

Me levantei e fui até a cômoda. Tirei uma tesoura de uma das gavetas.

– Meu irmão usava para aparar a barba – manipulei o objeto de forma que o cabo apontasse na direção de Nathan, em oferta.

Me faça parecida com você.

Pensei que ele fosse argumentar contra meu pedido, afirmando que não fazia sentido, não seria um corte de cabelo que nos tornaria parecidos. Ou, então, num ponto de vista mais prático, alegaria não ter a habilidade para realizar tal atividade. Mas Nathan não protestou. Me levou até a área de serviço e me sentou num dos banquinhos que puxou da mesa da cozinha.

– Costumo cortar meu cabelo, pra sua sorte – declarou. Um pente de dentes finos que encontrou em algum lugar do apartamento compartilhava os dedos de sua mão direita com a tesoura. – Tem certeza?

Sua mão esquerda segurava minhas mechas longuíssimas com pesar.

Ao ouvir meu consentimento, a hesitação abandonou seus olhos e ele se pôs ao trabalho.

De pé em frente ao espelho do banheiro, nós dois éramos uma pessoa só. Ou, pelo menos, assim eu desejava. Uma mão no meu ombro, a outra jogava minha nova franja para trás, de maneira a deixar minha testa livre. Parecíamos Bibi Andersson e Liv Ullman numa cena do filme *Persona*. Lembro que antigamente gostava de alugar os filmes do Bergman na locadora (eles sempre estavam disponíveis, ao contrário dos lançamentos que minhas colegas se frustravam ao procurar) e assisti-los por horas, mesmo sem entender a história. Tinha um professor que dizia que nem com 25 anos se entende Bergman, imagina com quinze. Mas eu gostava das imagens. Às vezes até me esquecia de ler as legendas. Não me recordo de sequer uma frase de *Persona*, mas o quadro que mostra uma porta pela qual entra a enfermeira representada por Bibi, logo em uma das primeiras cenas, jamais me saiu da memória. A porta surge em meio a uma tela completamente branca. E por ela entra a enfermeira. É como mágica. Linda, asseada, as mãos cruzadas nas costas. Eficiente, sem um fio de cabelo fora do lugar. Posiciona-se bem no meio da porta, os pezinhos de calçados profissionais formando um ângulo encantador a partir dos calcanhares. Por quase toda a cena ela conversa com alguém que não se vê. Provavelmente porque não há mais nada que a câmera – e nossos olhos – deseje olhar além dela. Mas eu menti quando disse que não me lembrava de nenhuma fala. Um pouco antes da cena que Nathan reproduzia comigo inconscientemente em frente ao espelho do banheiro, Alma – a enfermeira – havia dito a Elisabeth Vogler, a atriz: "Eu fiquei falando a noite inteira e você ouvindo. Que tédio. O que em minha vida poderia lhe interessar? Eu devia ser como você. Acho que poderia me tornar você se tentasse".

– Acho que poderia me tornar você se tentasse.

– Como assim? – Nathan não dava muita atenção ao meu disparate. Concentrava-se em avaliar a qualidade de seu trabalho em meu cabelo.

Não me expliquei. Ele tampouco prolongou o assunto.

No dia seguinte, retornou com uma sacola de roupas suas, além de um embrulho que continha uma caixa de sapatos. Entregou-me o último.

– Gastei todo o meu dinheiro nisso aqui e não deu para comprar roupas. Por enquanto, você vai ter que usar as minhas.

Abri a caixa e retirei lá de dentro um par de coturnos pretos reluzentes. Do meu tamanho exato. Provavelmente, Nathan havia inspecionado minha sapateira quando eu não estava olhando. Queria dizer a ele que preferia usar suas roupas a ganhar novas, sem dúvida, mas só fui capaz de agradecer pelo presente e esconder minha satisfação em vestir o que ele vestia. Seria como jogar sua pele sobre a minha e desfilar por aí dentro dela.

Mesmo assim, eu sabia que não estava pronta.

Disse isso a ele.

– Do que mais você precisa? – ele parecia irritado. – Nascer de novo? Isso não posso fazer por você.

Ele me desmantelava quando me tratava daquele jeito.

– Tudo bem, me desculpe. É que eu fico puto demais com essa sua atitude derrotista, Ceci.

– Você pode ter paciência? – retruquei, com mais raiva que o necessário após um pedido de desculpas.

Ele se deixou cair no sofá e acendeu um cigarro. O cinzeiro jazia no chão sob sua mão, o braço pendendo frouxo rente ao pé do móvel. Parecia que aquele cinzeiro tinha sido enfeitiçado e se movimentava sozinho pelo apartamento.

Sentei no chão com meu novo presente na mão e passei um tempinho me distraindo ao laçar os cadarços. Quando terminei, Nathan havia adormecido, o cigarro consumido entre os dedos da mão apoiada na barriga.

Naquela mesma noite, a Pisadeira veio. Estava choramingando na cama e ela foi atraída pelo meu choro. Tratava-se de uma criatura horrenda, uma das que eu mais temia no “infinito no meio”, talvez por sua aparência repulsiva. Seus cabelos eram um emaranhado acinzentado e a parte de seus olhos que deveria ser branca era amarela. Seus dentes se arreganhavam cheios de viscosas manchas verdes e, sobre seu corpo esquelético, caía uma camisola branca esfarrapada. A Pisadeira fazia exatamente o que seu nome dizia: pisava sobre meu peito até que eu não conseguisse mais respirar. Quando estava a ponto de se tornar insuportável, ela simplesmente desaparecia como se jamais houvesse existido. Mesmo assim, era responsável pelos minutos mais terríveis, nos quais me levava a pensar na minha morte, como se eu *pudesse* morrer. Chorar e asfixiar ao mesmo tempo era a epítome do desespero.

Me sentia encurralada. Mas não pela Pisadeira, cujas gargalhadas medonhas me faziam querer furar meus tímpanos. Sabia que Nathan não me deixaria em paz até que aceitasse sair do apartamento, embora fosse bem claro para mim que eu jamais aceitaria sair apenas para satisfazer uma vontade dele. Depois de tanto tempo isolada de gente, desapareceu de dentro de mim qualquer necessidade de agradar outras pessoas para ser aceita. Não viver em sociedade apaga esse tipo de traço do nosso espírito.

Só queria que a Pisadeira me deixasse dormir. Prometeria não chorar mais, se o choro incomodava seus ouvidos. Sua mão de unhas compridas e sujas pressionou minha boca e meu nariz, como Vicente costumava fazer quando queria me impedir de gemer alto. Por isso eu atingia o êxtase a ponto de me asfixiar. No momento em que a lembrança me alfinetou, o fantasma de Vicente surgiu, deitado ao meu lado na cama. Sua presença espantou a Pisadeira e pude respirar de novo. Mesmo aquela criatura, a personificação do pesadelo, temia o fantasma do meu irmão. Um fantasma vivo deve assustar mais que um morto.

Estava contente por voltar a respirar. Ou melhor, aliviada. Porém, a ideia de dormir com ele ao meu lado não me fazia nem um pouco feliz. Ele me olhava com seus olhos sem fundo, como se sugasse minhas memórias e minha identidade para dentro de si. Toda vez que aparecia era a mesma coisa. O mesmo sentimento de estar com o Vicente real.

Aos poucos, ele ia me desfazendo.

E, ao mesmo tempo, era como se dissesse:

– Nós somos uma coisa só.

Tentava tocar seu rosto, mas, ao contrário do meu, ele era como uma projeção no ar.

Queria perguntar a ele se um dia tinha me amado, mas temia a resposta. Seus braços projetados pousavam sobre meu peito e era como se fosse o peso da Pisadeira esmagando meu tórax. As boas lembranças me afastavam de possibilidades terríveis, dos pensamentos que me levavam a crer que o único intuito de Vicente foi me destruir.

5

Um dia, todas as roupas de Vicente simplesmente desapareceram.

Não havia muitas no apartamento, as que ele deixou para trás quando partiu preenchiam apenas uma gaveta da cômoda; contudo, quando a abri num fim de tarde qualquer, encontrei o espaço vazio. De vez em quando, gostava de dormir usando uma camisa do meu irmão, como forma de reviver seu perfume em meu corpo. Fazia isso quando meu ódio por ele atingia níveis perturbadores e, para aplacar meus sentimentos negativos, era necessário reavivar estímulos sensoriais como o olfato. É difícil explicar, mas no momento em que o cheiro do meu irmão atinge minhas narinas, algo semelhante ao entorpecimento toma meu corpo. Como uma droga. É o momento no qual consigo arquivar minhas mágoas e minha culpa.

No entanto, as roupas haviam desaparecido.

Àquela altura, não me surpreendia mais com coisa alguma dentro do "infinito no meio", mas aquilo não deixou de me intrigar e me abater. Devido aos últimos acontecimentos tortuosos, meu emocional encontrava-se ainda mais desarranjado que o de costume. De repente, cheguei àquela que seria a conclusão mais óbvia: só podia ter sido coisa de Nathan. A única mudança que tinha ocorrido nos dias anteriores fora seu surgimento em minha antivida. Possivelmente, ele havia se aproveitado de algum momento de distração meu para surrupiar as roupas de Vicente, como forma de provocação, numa tentativa de me despertar a vontade de sair do apartamento. Mesmo assim, essa não me parecia uma teoria muito lógica.

Sentei na beira da cama, de frente para a cômoda, e encarei a gaveta vazia.

A raiva ia preenchendo meu interior como uma maré que sobe.

Eu certamente teria arrancado a gaveta de madeira maciça e a atirado em Nathan se ele estivesse por perto.

Foi então que uma voz anasalada e desconhecia se manifestou às minhas costas.

– Você não precisa tacar a gaveta nele – parecia um timbre masculino, mas eu não podia afirmar com certeza. – Posso fazer isso por você.

Aquilo acontecia com frequência: criaturas desconhecidas tentando contato comigo dentro do meu próprio apartamento.

Virei o pescoço e o vi, o dono da voz peculiar, sentado no beiral da janela, as pernas esticadas demonstrando um equilíbrio impressionante. Aquele eu nunca havia visto antes. Era asiático, tinha os cabelos descoloridos e usava roupas extravagantes – uma calça ultrajusta acompanhada por botas brilhosas com um ligeiro salto alto e, na parte de cima, apenas um casaco felpudo vermelho-vivo, volumoso e desproporcional, que deixava ver a pele dourada de sua barriga seca. Seu rosto possuía uma beleza esculpida, as maçãs altas, os lábios de curvas audaciosas, os olhos rasgados envoltos por um fino delineado preto, o queixo pontudo.

Ele sabia que eu o apreciava, embasbacada com sua beleza, e aguardou pacientemente que eu terminasse.

– Então foi mesmo Nathan quem roubou as roupas do Vicente?

– Não. Fui eu.

– E quem é você? Nunca te vi por aqui antes.

– Meu nome é Ji Yong. Eu sou um *dokkaebi*.

Então ele me explicou o que era um *dokkaebi*. Tratava-se de uma espécie de demônio advindo do folclore coreano, um espírito que não era maligno nem benigno, mas que andava por aí pregando peças nas pessoas. Algo entre o saci-pererê e o deus Loki da mitologia nórdica. O *dokkaebi*, porém, provinha de um objeto inanimado que ganhara vida.

– Suponho que não seja a primeira vez que você encontre um cara esquisito como eu por aqui. Infelizmente, não consegui te assustar nem um pouquinho.

– Você está certo.

– Já eu nunca vi ninguém como você, moça.

– O que você quer dizer? – sabia exatamente do que ele estava falando, mas fiquei curiosa para ouvir o que pensava sobre "alguém como eu".

– Você é humana, sem dúvida. Parece triste, cansada, insone. E velha. Você é como uma velha, só que sem ser. Acertei? – ele apontou na minha direção de um jeito muito charmoso. Ji Yong sorria bastante, quase o tempo todo, o que fazia com que seus olhos ganhassem o formato de duas luas minguantes com as pontinhas para baixo.

– Sim.

– Tenho a impressão que algumas *brincadeiras* minhas não farão o menor efeito em você, moça.

– Cecília – eu o corrigi.

Ji Yong fez soar uma gargalhada anasalada e pulou para o chão, num movimento quase imperceptível. Como um corte seco: num *frame* estava sentado sobre a soleira; no outro, de pé no piso do meu quarto. Seu movimento repentino fez com que eu também me erguesse.

– E aquele garoto, onde está?

– Não sei se ele vem hoje. Acho que está chateado comigo.

O *dokkaebi*, então, pôs-se confortável na cama.

– Vamos conversar sobre isso, Cecília – e convidou-me para sentar na minha própria cama com duas batidinhas que enrugaram o lençol. – Aliás, antes disso... Você tem aí alguma coisa para beber?

– Você sabe onde estão as roupas do meu irmão, não sabe? – sentei-me na ponta do colchão, próxima a seus pés ainda calçados com as botas de salto.

– Claro que sei.

– Tenho que resolver algum enigma para que você me diga? – estava ficando sem paciência. Mas então Ji Yong sorriu novamente e minha irritação se dissipou.

Ele possuía o tipo de beleza à qual eu era bastante sensível. Uma beleza literalmente mágica. Sem dúvida, Ji Yong devia ser confundido com uma celebridade na rua. Se é que andava na rua... Se é que alguém *normal* era capaz de vê-lo.

– Você não precisa de nada disso – deu uma piscadinha, mas ficou pensativo de repente. Seu dedo indicador tamborilava a têmpora, seus lábios formavam um biquinho, como se puxasse algo pela memória. Posteriormente, notei que este era um gesto que repetia bastante. – Acabei de seduzir um humano. Consegui levá-lo para a cama. Um homem. Não sei por que, mas quase nunca consigo fazer isso com mulheres. Cecília, o que você acha disso?

– Talvez você não goste de mulher.

– Seria uma ótima resposta se eu fosse humano. Só que eu não sou. Essa questão de preferência, ou *orientação*, nada disso se aplica a mim. Por isso eu queria saber por que fico tão reticente quando se trata de seduzir uma mulher.

Eu seria facilmente seduzida por Ji Yong.

– O que você acha que me afasta das mulheres?

– Talvez você não seja tão diferente assim dos machos humanos. Eles acreditam que mulheres possuem uma natureza sagrada a ser temida. Como Pandora. Como Eva – não sabia qual era o equivalente às personagens citadas na mitologia coreana, mas deveria haver alguma que representasse a figura feminina portadora da desgraça. Sempre há, em qualquer crença. – Não somos sagradas, ou místicas, não somos o caminho do pecado ou da salvação.

– Você acha mesmo?

– Homens sempre foram covardes que temem o desconhecido, o diferente. Ou, neste caso, o que *julgam* ser diferente.

– E você, Cecília? O que você teme?

Ji Yong sabia qual seria minha resposta.

– Nada. Já vi de tudo aqui neste lugar.

– Então o que você está esperando para ir lá fora buscar as roupas do seu irmão que eu joguei no asfalto?

Foi assim que, pela primeira vez, consegui sair do “infinito no meio”.

Nathan e as roupas de Vicente me aguardavam na calçada.

PARTE II: FORA

1

Meu primeiro contato com o que chamam sobrenatural aconteceu bem antes do "infinito no meio".

Foi no colégio tradicional onde cursei o Normal. Como todas as moças da minha família, fui uma normalista. Camisa branca de botões, saia pregueada azul-marinho, meias brancas e sapato boneca preto. E o broche com o escudo do colégio, do qual eu tinha tanto orgulho, preso na ponta esquerda da gola. A insígnia da normalista – como eu gostava de chamar. Como a farda do meu irmão, meu uniforme invejado também era motivo de orgulho. Quer dizer, nem tanto. Mas eu gostava de pensar que sim.

Quando as Escolas Normais surgiram, lá no fim do século XIX, e até meados do século XX, as normalistas eram o ideal de menina de classe média: bem-educadas e comportadas, que um dia parariam de trabalhar como professoras e se tornariam ótimas esposas. Aliás, às vezes eu até pensava que tinham inventado as Escolas Normais como uma espécie de "treino para ser mãe". E, de quebra, exercer uma profissão num ambiente seguro povoado apenas por mulheres e crianças não mancharia sua pureza e a manteria longe das podridões do mundo até que você fosse escolhida e protegida por um marido. Porém, durante o meu período de curso, na década de 1980, as coisas não eram mais assim. Havia uma insinuada decadência começando a se embrenhar na fachada marrom do colégio, turvando a água do chafariz do pátio central, encurtando as barras das saias. Na época, eu observava aquele ambiente com o olhar cínico de quem há muito perdeu a pureza. Mesmo assim, me sentia o oposto das meninas mais moderninhas, que exibiam o corpo avantajado pelo decote dos primeiros botões abertos, riam e fumavam com garotos no portão do colégio. Minha estrutura era frágil, pouco desenvolvida, tinha mais ossos aparentes que carnes voluptuosas. Contudo, podia apostar que elas, ao contrário de mim, jamais haviam se entregado a um homem.

Havia um boato antigo de que uma aluna tinha sido estuprada no banheiro de um dos inúmeros andares escuros e esquecidos. Eu não sabia de nada. Nunca sabia direito das coisas, minha mente sempre estava doente, com febre, distante. Mas uma das minhas colegas me contou sobre os rumores. Não tinha noção do que era um estupro, por mais que minha colega tivesse me dito que "uma mulher sempre sabe – ou consegue imaginar – o que é isso". Eu não. Talvez eu não seja mulher, pensei. A verdade é que ninguém nunca havia me ensinado coisa alguma. Eu julgava ser algo único o que aprendera nos lençóis de Vicente, próprio nosso, que apenas nós dois fazíamos no mundo inteiro. Essa bruma de ignorância durou pouco tempo. Porque, como aquela colega tinha dito e mais tarde eu seria capaz de entender, "uma mulher sempre sabe".

Tive medo.

Ao mesmo tempo, uma mórbida curiosidade. Onde teria sido? No andar cujas salas foram desativadas há anos para uma reforma que nunca aconteceu, provavelmente. Mas o que a vítima fazia lá sozinha? Fumava escondida, disseram, ou usava alguma outra droga. A vítima, por certo, fazia alguma coisa errada – falavam. Talvez a história sequer fosse real, apenas um artifício mórbido e desesperado para tentar impedir a "depravação" que começava a penetrar o respeitado Instituto. "Preste atenção às suas atitudes, cuide da sua moral", era o que realmente dizia o rumor, "ou pode lhe acontecer algo assim".

Precisava ir até lá, queria ver com meus próprios olhos o local onde acontecera, mesmo sem ter garantia alguma de qual lugar seria esse. Tinha que ser no finzinho da tarde, quando os inspetores param de circular – os poucos que nunca dão conta de vigiar o descomunal terreno do colégio –, quando está escuro.

No meu íntimo, eu precisava entender como havia se dado aquela violência.

Sempre fui fascinada pela violência. Nunca me julguei uma pessoa violenta. Talvez por isso seja um mistério para mim e tanto me instigue. Tampouco acho que sou sádica. Não sinto prazer vindo da dor, do sofrimento alheio. É só uma curiosidade, uma *força de atração* que me faz querer *entender*.

Despistei a colega que costumava voltar comigo para casa e me escondi no topo da escada que levava ao andar pelo qual ninguém passava. Enquanto estava ali, quieta e imóvel, protegida pela penumbra, pensei no agressor. Corriam à boca pequena diversas especulações quanto à vítima, mas ninguém mencionava o agressor. Qual seria sua identidade? Sua idade, sua ocupação? Como teria entrado no prédio e praticado tamanha violência contra a garota pega desprevenida enquanto infringia leis do colégio?

Quando pisei no banheiro e acendi a parca luz que, para minha surpresa, ainda funcionava, seus azulejos brancos sujos e quebradiços me arrepiaram. Sobressaltei-me com minha própria imagem no espelho manchado. Não havia ninguém ali além de mim e, obviamente, nenhuma outra figura além da minha era refletida no espelho. Mas eu vi. Vi tudo acontecer. Meus olhos acompanharam a cena com tamanho realismo que pensei estar em transe. Ela não estava fumando escondida, bebendo ou usando outra droga qualquer. Ela entrou ali com ele, um jovem alto e atlético com uniforme do Colégio Militar. Tudo ficou claro para mim. Eles, os jovens que um dia se tornariam oficiais, antigamente costumavam pegar o mesmo bonde que deixava as normalistas no Instituto. Portanto, era natural e desejado pelas famílias que os alunos de ambos os colégios de prestígio namorassem e, futuramente, se casassem. O jovem do Colégio Militar entrou com uma moça que trajava um uniforme igual ao meu, porém com a saia bem mais comprida. Ele a beijou e ambos sorriram. Mas ela estava com medo, eu sabia que estava. Ela sugeriu que desistissem de ficar ali, podiam ser pegos, e o puxou pela mão em direção à porta. Foi quando veio a primeira bofetada. E ele não parou de bater até que ela estivesse caída no chão. Senti o frio do piso atravessar o tecido fino da blusa. Senti as pernas se debateram enquanto mãos estúpidas forçavam que se abrissem. Senti a dor e a vergonha. E o sangue escorrer – ela era virgem. Foi então que compreendi: eu era aquela garota. Havia acontecido *comigo*.

Saí correndo do banheiro, desci as escadas e tropecei. Rolei alguns degraus enquanto chorava e sentia uma dor que nada tinha a ver com os sucessivos baques nas quinas duras. Quando consegui finalmente me pôr de pé, ainda estava chorando, tremendo, convulsionando.

Fui parar no hospital.

Achavam que eu tinha epilepsia.

Ou estava ficando maluca.

Ninguém pensou que eu pudesse ter sido violentada num passado longínquo em que nem sequer era nascida. Ninguém me perguntou nada. Vicente me abraçou e tive vontade de estapeá-lo. Vomitei a noite toda, já em casa, enquanto meu irmão fazia vigília na porta do banheiro. Provavelmente, ele já desconfiava.

Eu não vislumbrava a possibilidade de estar grávida.

2

A cidade não havia mudado tanto assim, embora parecesse um universo completamente novo para mim. Para começar, Nathan me levou para andar de metrô, coisa que eu nunca tinha feito. Era início da noite, um dos horários mais movimentados, e havia tanta gente no vagão que, quando o trem se aproximou da plataforma, cheguei a duvidar que conseguiríamos embarcar.

Nathan tinha me ajudado a catar as roupas de Vicente da calçada e fez questão de, sozinho, subir ao meu apartamento para devolvê-las. Por mais que fosse um risco me largar desacompanhada na calçada, era mais seguro que me mandar de volta para dentro. Mal sabia ele que eu sequer pensava em voltar. A noite já havia caído por completo na pracinha em frente ao meu prédio. Olhei os velhos jogando baralho nas mesas de cimento imundas, porém enxergar a cena por aquele ângulo formava em minha mente uma paisagem nunca antes vista. Quase fui atropelada por um ciclista, foi quando me dei conta de que estava parada no meio da ciclovia. Na esquina, do outro lado da rua, havia um boteco. Jamais o havia visto, pois ficava na mesma calçada do meu prédio e não existia *antes de tudo acontecer*. Homens e mulheres, em sua maioria de meia-idade, bebiam em mesas dispostas na calçada. Alguns transeuntes passeavam com seus cachorros. Aquela era a hora do dia em que, salvo no verão, uma brisa costumava soprar sobre a praça, balançando de leve os galhos das poucas árvores no seu entorno. Eu podia senti-la da minha janela. Contudo, lá do lado de fora, ela era bem mais forte, com potencial de ventania. Os pelos do meu braço arrepiaram, mas não estava com frio. As pessoas não me olhavam, não notavam que eu estava ali, porque eu era igual a todo mundo. As pessoas passavam. É o que elas fazem.

Quando Nathan desceu, tinha trocado a camisa do uniforme

por uma outra, uma camiseta escura de mangas raglã compridas. Ele pareceu surpreso em me ver ainda ali.

– Hoje não é dia de festa... Mas vou te levar a um lugar que eu gosto muito.

Quando ele falava "festa", queria dizer aquelas boates que frequentava. Era dia de semana, ele trabalharia cedo na manhã seguinte. Seu senso de responsabilidade me surpreendeu um pouco, num julgamento superficial ele não seria o tipo que se preocupa com horário, que obedece a rotinas.

Como não havia barra de ferro livre na qual pudesse me segurar, Nathan envolveu minha cintura e me estreitou junto a seu corpo, para evitar que eu me desequilibrasse com os solavancos do metrô. Como se fosse possível cair ali dentro. Não havia espaço. De alguma forma, ele conseguiu apoiar as costas na parede junto às portas automáticas. Quem nos visse pensaria se tratar de um casal de namorados. Naquele momento, ficou evidente o quão mais alto que eu ele era e que, ao contrário do que devia aparentar, sua estrutura não era nada frágil.

O perfume do seu peito tomava minhas narinas como um encantamento.

Fiquei ali, dizendo a mim mesma que deveria bloquear sua magia, que não poderia me deixar enfeitiçar. Seu coração batia tranquilo, ao contrário do meu. Quantas de suas amigas ele havia abraçado daquela forma? Quantas ele havia tentado proteger ou ajudar com seu próprio corpo, sem malícia alguma? De olhos fechados, a cabeça enterrada em seu peito, absorvi tudo que podia daquele cheiro para dentro de mim. Isso durou dois segundos porque logo comecei a me sentir uma tola e me forcei a virar o rosto e abrir os olhos, a encarar as pessoas do metrô, a capturar um pouco da energia do mundo externo que me fora privada por tanto tempo.

– Tá tudo bem?

Respondi que sim, enquanto observava uma moça de cabelos coloridos, responsável pela incrível façanha de empunhar um livro aberto no meio daquela lata de sardinhas que chamavam de vagão. Ela devia ter a minha idade, talvez um pouco mais, e usava óculos de aro grosso que insistiam em escorregar por seu nariz, os quais ela ajeitava com um tique nada bonito, uma piscadela torta. Parecia cansada. Talvez a leitura no metrô fosse um dos poucos momentos prazerosos no seu dia, pois ela se dedicava à tarefa com afinco exemplar. Inclinei o rosto o máximo que me era permitido, mas não consegui ler o título do livro na capa.

– Você sabe o que quer fazer da vida, Nathan? Depois que sair da farmácia – perguntei, erguendo um pouco os olhos para encontrar os dele. – Digo, você não quer fazer uma faculdade e trabalhar com algo de que realmente goste?

– Eu queria fazer Design Gráfico – mas não havia nada em sua expressão que realmente sugerisse aquele desejo. Era como se ele dissesse que estava a fim de tomar um sorvete. – Gosto de formas e cores.

– Jura que você gosta de cores? – zombei.

– O preto é a união de todas as cores, tá?

– Ué, não é o branco?

– Depende. Você tá falando de cor luz ou de cor pigmento? – ele riu. Depois mudou de tom – E você?

– Eu o quê?

– O que você *queria* ser?

– Quando eu era criança, tinha vontade de ser bibliotecária.

– Cecília, você é mesmo única – foi sua vez de tirar sarro. – Conheço gente que quer fazer faculdade de Letras, que quer ser professor de português, escritor, tradutor... Mas alguém que *sonhava* em ser bibliotecária, você é a primeira que conheço.

– Vê-se logo que você não conhece muita gente.

– Mas por que bibliotecária?

– Deve ser porque eu amava a biblioteca do meu colégio. Um dia te levo lá – nem sabia se ainda existia. – Lembro que, uma vez, quando o prédio onde ficavam as salas de aula do primário entrou em obras, várias turmas passaram meses tendo aula na biblioteca principal, enorme. A minha entre elas. Eu me sentia tão bem lá que nem conseguia acreditar. Sempre gostei de ler, principalmente na infância e início da adolescência. Depois os livros, e todo resto, acabaram ficando de lado... Mas, naquela época me sentia assim... Eu sabia que, por mais que me esforçasse, jamais conseguiria ler todos os livros que quisesse. Por isso, passar boa parte do meu dia em meio a eles era suficiente. Eu gostava da presença das centenas de livros à minha volta. Gostava de conviver com eles e com as possibilidades que eles guardavam.

– Então acho que você vai adorar o lugar aonde vou te levar.

Já tinha ouvido falar daquele lugar. Na década de 1980, ficou famoso por ser um cinema que exibia filmes pornográficos. Dividi a informação com Nathan, que ficou surpreso, pois o espaço de mais de três mil metros quadrados agora abrigava uma livraria. Por mais moderna e bem cuidada que fosse, havia algo nela que me lembrava a biblioteca do meu antigo colégio. No segundo andar, os novos donos tinham conservado a estrutura do mezanino do cinema, com escadarias em carpete quadriculado vermelho e cinza que levavam a um simbólico espaço vazio.

– A maioria dos cinemas de rua da cidade acabou – declarou Nathan.

– E como as pessoas assistem aos filmes novos? Em casa?

– Às vezes, se você encontrar o filme na internet. Mas os cinemas ainda existem, só que agora ficam dentro dos shoppings.

– Lembro que na minha época abriu um desses na Zona Sul, mas nunca cheguei a ir. Não sabia que tinha um cinema dentro dele... Todos os shoppings têm?

– Praticamente. Os decentes sim.

– E o que aconteceu com os cinemas antigos? – Se todos tivessem se tornado livrarias maravilhosas como aquela... mas eu sabia que não havia sido assim.

– Boa parte virou igreja evangélica.

Repuxei o lábio. Conversávamos no mezanino, recostados na mureta que deixava ver as magníficas prateleiras de livros dos três andares da loja.

– Aqui é um dos meus lugares preferidos. Quando inaugurou, eu ainda estudava e meu colégio ficava perto. Isso tem uns dois anos. Vinha pra cá quando queria matar aula e não me sentir tão culpado por ficar na rua fumando baseado. Vinha pra cá, escolhia um livro que me parecia interessante, arrumava um lugar pra sentar e lia até escurecer. Engraçado é que, quando voltava, nunca pegava o mesmo livro pra retomar a leitura. Acho que li algumas dezenas de primeiros capítulos...

Rimos.

– Mas você não ficava curioso pra saber o que acontecia na história?

– Na hora, bem que ficava... Mas como tinha que ir embora até certo horário pra não preocupar minha mãe, acabava largando o livro. E na vez seguinte, ou não me lembrava mais a última coisa que tinha lido, ou me interessava por outro título.

– Que pessoa constante...

– Nunca te prometi isso – e gargalhou. – Vamos subir e tomar um café.

No último andar, havia uma cafeteria. A despeito da aparência sofisticada, com suas poltronas de veludo vermelho, não oferecia muitas opções além de alguns tipos de sanduíche e pouquíssima variedade de doces e salgados. Ainda assim, era um espaço bastante agradável. As pessoas que lá se sentavam pareciam todas intelectuais ou artistas. Num primeiro momento, senti-me deslocada. Contudo, notei que nem a figura geralmente incomum de Nathan destoava do ambiente, o qual comunicava uma harmonia elegante.

– Gostei daqui – disse, enquanto bebia meu café. Há quanto tempo não provava aquele gosto? O líquido quente e aconchegante preencheu meu estômago como se se espalhasse por meu corpo todo.

– Vamos vir mais vezes.

– Vou te ajudar a ir além dos primeiros capítulos.

Ele sorriu e deu um gole em seu cappuccino.

Seria tão bom se nossa vida fosse como aqueles livros abandonados por Nathan, pensei. E se eu pudesse ter lido vários inícios antes de optar pela história com a qual seguiria até o final? Se eu tivesse nascido outra Cecília, ou se meu nome nem fosse esse... Ou se, por acaso, pudesse ter escolhido ser Nathan. Nem eu mesma sabia por que ele me atraía tanto, a ponto de querer ser ele, desconhecia quase tudo sobre sua vida. Pensando bem, talvez não houvesse muito o que conhecer.

O que eu sabia era que ele agradava meus olhos e meu espírito, como as inúmeras prateleiras repletas de livros à nossa volta. Como a biblioteca da minha antiga escola. Se eu não podia lê-lo, se não podia *vivê-lo*, bastava olhar pra ele.

A despeito da afirmação de Nathan, nunca mais fomos àquela livraria, não sei por qual razão. Ele não sugeriu mais. Também não pedi. As coisas, pessoas e lugares permaneciam por pouco tempo na cabeça de Nathan. Se pensamentos se assemelhassem a cordas, os dele não passariam de um fino barbante que se quebra com um puxão. Quanto a mim, eu possuía em minha cabeça um novelo de lã espessa e embolada, um emaranhado de fibras pouco identificável. Não obstante, era como se houvesse dentro da minha mente um gato a brincar com o novelo, agarrando-o com suas unhas afiadas.

3

O dia seguinte era uma sexta-feira.

Dia de sair, de acordo com Nathan.

Ele havia me emprestado roupas suas e eu, tão contente em vesti-las, não conseguia desgrudar do espelho do meu quarto. Um blusão de mangas compridas, repleto de rasgos remendados com alfinetes prateados e uma calça de tecido viscoso preto, com textura de pele de cobra, cuja barra precisou ser dobrada diversas vezes. Aquela composição, junto com a maquiagem carregada que ele mesmo fez em mim e os meus novos coturnos, tornava-me a pessoa mais autoconfiante do mundo. Pelo menos durante os dez minutos que me admirei em frente ao espelho.

– Você tá linda – Nathan não parava de dizer.

– Isso é um pouco narcisista, não acha?

– Você não tem nada a ver comigo, Ceci. É muito mais bonita. Gosto de mulher de cabelo comprido, mas tenho que admitir que esse corte ficou perfeito em você.

A propriedade com que ele declarou "gostar de mulher de cabelo comprido" me admirou. Nesse ponto, Nathan era igual a todos os homens. Opinava sobre a aparência das mulheres como se isso realmente lhe dissesse respeito. Uma pequena satisfação despontou em meu peito por frustrar suas expectativas.

Eu estava num caso de amor com meu novo cabelo curto. Quando era adolescente, não ligava muito para a minha aparência. Minhas roupas, em geral compradas pela minha mãe (*escolhidas* pela minha mãe, *pagas* pelo meu pai), se bonitas ou feias não faziam muita diferença. Para minha sorte, minha mãe até que tinha bom gosto e apreciava gente "apresentável", jamais descuidaria da própria filha. É claro que, depois do que aconteceu comigo, ela parou de se importar. Não só comigo, com tudo à sua volta, tendo a mim como fonte do seu desleixo. Nunca a havia visto num estado tão lastimável, como se admitisse que havia falhado não apenas como mãe, mas como ser humano. Talvez tivesse mesmo.

– Vamos? – Nathan me ofereceu sua mão. – Hoje você vai conhecer meus amigos!

Ele sorriu em meio a pulinhos de excitação.

A segunda noite *do lado de fora* me atingiu de uma maneira completamente diferente da primeira. No outro dia, tínhamos passado todo o tempo dentro da livraria e, nos curtos caminhos de ida e volta ao metrô, eu estava assustada demais para observar à minha volta com a devida dedicação.

Naquela noite, porém, era diferente.

Sentia-me confortável em minhas roupas emprestadas, satisfeita com meu corte de cabelo e minha maquiagem. As pessoas me encaravam – as pessoas *nos* encaravam devido ao nosso visual –, mas descobri que apreciava a atenção. Permanecer reclusa por tanto tempo pode aumentar a rejeição ao contato humano, porém, como acontecia comigo, também é capaz de despertar um prazer inédito em se mesclar à multidão.

A noite estava fresca e úmida, propícia à nossa vestimenta, e soprava um vento agradável. Eu o sentia especialmente na minha nuca recém-exposta. Os longos cabelos que me protegiam o pescoço e os ombros não estavam mais ali. Uma sensação de vulnerabilidade perpassou a parte superior do meu corpo, algo semelhante ao medo de que alguma assombração puxe nosso pé esquecido para fora do lençol enquanto dormimos. A falta das mechas compridas me dava a impressão que minha garganta estava suscetível a ser rasgada por uma lâmina a qualquer momento.

Meus olhos estavam acostumados à escuridão forjada do meu apartamento.

Entretanto, a escuridão verdadeira da noite é bem diferente. É claro que, num meio urbano, nenhum local fica totalmente escuro, a menos que uma queda de energia apague os postes que iluminam as ruas, bem como as lâmpadas domésticas das milhares de janelinhas nos prédios. Ainda assim, mesmo com todas aquelas luzes artificiais, a noite é dona de trevas próprias. Ela enfatiza a sensação de desproteção e, por isso, é assustadora e instigante.

Descobri, naquele momento, que adorava a noite.

Quando saí pela primeira vez do "infinito no meio", em busca das roupas de Vicente jogadas na calçada devido às travessuras de um *dokkaebi*, o sol estava se pondo. Desta maneira, sentia-me um pouco *filha da noite*, pois meu "renascimento" tinha se dado simultaneamente à morte da claridade.

O local da festa nada mais era que um bar com luzes vermelhas e decoração estilo velho oeste. Tratava-se de um ambiente estreito, pouco mais largo que um corredor, e comprido, que desembocava num palco. Pelos amplificadores ali expostos, em conjunto com pedestais para pratos de bateria e microfones aglomerados a um canto, deveriam acontecer ali shows e performances musicais. Naquela noite, o palco era ocupado por um DJ e seu equipamento.

O lugar estava tão lotado que uma sensação de mal estar logo me acometeu.

Assim que entrou, após retirarmos nossa comanda na porta, Nathan se dirigiu ao bar. Perguntou se eu queria beber alguma coisa. Respondi que não e ele insistiu, disse que ajudaria a me soltar. Tentou me fazer tomar uma cerveja. Disse-lhe que detestava cerveja, então, após uma breve reflexão, pediu um Cuba Libre ao barman.

O gosto da bebida até que era bom, mas não ajudava a me deixar relaxada. Na tentativa de fazer efeito logo, acabei bebendo rápido demais, o que provocou no meu rosto, pescoço e colo uma quentura semelhante à febre. Nathan disse que eu já estava ficando "vermelhinha" e riu. Sentia-me um pouco alta, mas nada que me fizesse querer interagir com qualquer pessoa naquela festa além de Nathan.

– Esse é meu irmão gêmeo – Nathan me apresentou aos amigos, rindo. – Hmm... Nathaniel. Mas podem chamá-lo de Niel.

Os amigos de Nathan, por mais que usassem roupas e maquiagem parecidas com as dele, formavam com ele um estranho contraste. Enquanto a personalidade doce e falante de Nathan sobressaía aos trajes escuros e ao estilo pesado, os amigos nunca sorriam, e me encaravam com forçada expressão enigmática. Eu me perguntava por que ele saía com aquelas pessoas. No fundo, o que eu desejava era que estivéssemos apenas os dois e que eu não precisasse dividir sua atenção com mais ninguém. Nathan tinha me transformado em uma criatura egoísta. Não. Não era verdade. Sempre fui egoísta. Contudo, até que ele aparecesse no meu espaço-tempo suspenso, tinha me esquecido disso. Era uma existência em pausa. As lembranças se tornaram o combustível dos meus pensamentos durante todo aquele período, mas não de uma maneira autorreflexiva. Quando se enxerga o passado pelo viés da dor, anula-se qualquer autoconhecimento adquirido. A partir do momento em que a presença de Nathan interrompeu o hiato da minha vida, foi-me exigido confrontar minha real natureza. Quem eu sou, quem eu tinha sido e, para minha surpresa, quem eu seria.

Descobri, por fim, que não era tão difícil assim me enturmar.

Era só ficar lá dançando em meio ao grupo na pista. Nenhum deles parecia muito interessado em travar conversa, especialmente comigo e, quando subiam juntos ao segundo andar do bar, Nathan permanecia ao meu lado. Pelo que entendi, o segundo piso consistia em um local mais reservado, onde era possível usar qualquer tipo de droga sem ser incomodado. A preferida do grupo de Nathan era a cocaína. Ele havia me dito que cheirava de vez em quando, mas jamais o fez na minha presença, por mais que algumas vezes eu tenha notado alguns "sintomas" que o uso da droga lhe provocava. Nessas ocasiões, ele falava sem parar, tinha os olhos perdidos e o discurso desconexo. E eu o odiava. Odiava tanto que possivelmente não vou narrar nenhum desses episódios aqui. Não por julgamento de valores, mas por total falta de paciência.

Seu grupo de amigos consistia em quatro pessoas fixas, três garotas e um garoto, mais um bando de gente aleatória com quem ele esbarrava na pista e passava uns minutos conversando. Nathan era bastante popular. De todos os seus amigos, a que eu mais detestava era uma baixinha ruiva, a que se vestia de maneira mais extravagante e jamais sorria, cujo nome fiz questão de esquecer assim que me foi dito. Era nítido que com ela Nathan tinha mais intimidade que com os outros, sabe-se lá por que.

Nathan me ofereceu mais um drinque, sem que o pedisse. Olhei o preço no cardápio, não era nada barato, e me senti culpada. Mas quando há álcool no sangue esse tipo de sentimento dura menos de dois segundos.

4

As palavras vão caindo.

Uma a uma, como gotas.

Escorrem pelo vidro da janela feito chuva, salpicam na minha cama, despencam dos meus olhos. Eu, antes trancada no silêncio, vi-me de repente soterrada de palavras. O mais estranho: elas não significavam nada. Em minha primeira noite no mundo, senti-me sufocada e assustada, mas feliz. Após a festa, dispensei a presença de Nathan, algo impensado nos longuíssimos dias anteriores. As palavras revestiam minha solidão. Demorei a entendê-las: eram os pensamentos que habitavam todos aqueles rostos que vira na rua, no bar escuro e quente. Toquei minha nuca, inteiramente à vontade com meus cabelos curtos. O blusão de Nathan me revestia como uma pele, a pele dele em mim, eu havia fagocitado sua existência para dentro da minha. As palavras tomavam toda a superfície do meu pescoço. Por um instante, desejei que Nathan estivesse ali e foi quase como se sua presença imaginária se transformasse num espectro, num véu translúcido que cobria aquele momento.

Ainda duvidava que ele existia. Nathan. Senti-me arrancada da realidade, suspensa da minha própria mente. Temi que o fantasma de Vicente estivesse me observando junto à porta do quarto, mas as palavras transbordando por todas as coisas, brilhando, pulsando, funcionavam como um amuleto contra todo mal.

(O mal era eu.)

Abri a janela e o vento também estava carregado de palavras. O vento, única sensação de *lá de fora* – junto com o calor e a luz dos raios de sol – que me era permitida. Mas não agora. Poucas horas antes, eu estava lá, e o vento não se tratava de uma percepção meramente virtual como tudo que me tangia em meu cárcere. Agora, eu sabia qual era o verdadeiro sabor do vento.

Naquela madrugada, tinha me sentado ao lado de Nathan num sofá bolorento largado num dos cantos do bar que servia de boate. Ele todo contorcido para apoiar o rosto no meu ombro, sua mão de dedos grossos segurava a minha frouxamente e seu perfume pairava tão perto do meu nariz que quase era capaz de me drogar. Estava bebendo alguma coisa, como sempre, um drinque qualquer com canudo verde enfiado num copo de plástico transparente. A todo tempo, me oferecia um gole daquilo. Eu ia bebendo. Era quando Nathan não estava sóbrio que transparecia ainda mais sua pouca idade. E sua solidão.

Falava alguma coisa. Nathan sempre está falando alguma coisa. Eu não prestava a mínima atenção e não creio que ele se importasse ou mesmo se desse conta disso. Naquele momento, tudo o que conseguia fazer era tomar consciência de mim mesma, de onde estava e de que, ao que tudo indicava, deveria de fato existir.

– ...que quando vejo o rosto das pessoas na rua, eu imagino palavras... – Nathan dizia, minha mente sintonizou um fiapo do falatório. – ...como se os pensamentos e os sentimentos dentro delas tivessem escapado, fugido pro lado de fora, e pairassem... gravitassem em torno dos corpos. É louco, não é?

Era louco. Como também o era o drinque em sua mão, o sofá no qual sentávamos, a minha calça de textura de cobra emprestada e as luzes vermelhas do bar. Louco como eu pensei que fosse desaparecer no nada em que me encontrava – ou talvez até *já tivesse desaparecido* – e então, numa magia maior que as fadas, os vampiros e os fantasmas com quem eu morava, algo me puxou para fora. Na verdade, deu-me vontade de sair. Compreendi que estive "presa" não por culpa de uma força oculta que lacrava minha porta, mas pela falta de vontade de sair. Pela falta total e completa de *vontade.*

– Essas palavras – falei e Nathan se surpreendeu com minha interferência – não são pensamentos ou sentimentos. Essas palavras são *vontade.*

– Como assim?

– Se nossa existência fosse uma máquina, a *vontade* seria seu combustível.

– Acho que entendo mais ou menos o que você quer dizer.

– Acho que você não entende não – ri.

– Ai, para de ser chata – ele me deu um cutucão na coxa.

– Desculpa. É claro que você entende. A visão é sua, não é minha.

– Pode ser só uma viagem de ácido... – também riu.

– Pode sim.

Gargalhei até cochilar, o rosto roçando em seus cabelos macios. No meio do salão barulhento, tive um sonho. Havia um pequeno peixe prateado, com três centímetros de comprimento e meio de largura, que vivia dentro da minha boca. Morava no lago sobre minha língua, no centro da minha arcada dentária. O peixinho nadava e nadava e eu sabia que jamais poderia abrir minha boca, ou as águas do lago se esvairiam e o peixe morreria. Acontece que, num determinado momento, o animalzinho começou a crescer dentro de mim, empurrando meus dentes para frente, pressionando minha língua para baixo. Não tardou sua cauda entalar na minha garganta. Como seu corpo tinha gosto daquelas horrorosas balas de erva-cidreira que minha avó adorava levar lá para casa, logo estava enjoada. Embora não pudesse vomitar. Ou seria o fim do peixe. Um pouco antes de Nathan me acordar, meu corpo inteiro já havia se transformado no lago e o peixe era capaz de nadar com liberdade. Contudo, tinha plena noção de que não era mais eu mesma, não pensava como eu, não sentia como eu. O peixe que habitava minha boca me transmutara em um lago.

– Ceci, quer ir pra casa?

Por um instante, hesitei abrir a boca.

Então, pedi-o para que me deixasse em meu apartamento e fosse para casa. Necessitava ficar sozinha com as palavras que o peixe não me permitira pronunciar.

5

Nathan vestia uma jaqueta de couro, estilo *rockabilly*, com uma camisa preta por dentro, fechada até o último botão. Como não podia ser diferente, tanto a calça jeans justa quanto o coturno também eram pretos. Apenas seus olhos estavam maquiados, com o esfumaçado típico. Foi me buscar em casa e levou meu figurino da noite, além de uma garrafa de vinho.

– É Cantina das Trevas – indicou a garrafa, torcendo o lábio em desaprovação. – Mas serve pra uma pré.

– Uma o quê?

– Pré-night, Cecília.

Ele riu, me fazendo sorrir também.

– Às vezes você parece uma criança – disse-me, com ternura.

– De jeito nenhum.

Contudo, eu tinha noção que passava uma imagem pouco amadurecida. Quando cheguei aos vinte anos, ainda havia gente que me atribuía no máximo quinze, e eu sempre precisava mostrar minha identidade para assistir a filmes com classificação etária de dezoito no cinema. Ou nas raras vezes em que fui a discotecas com as amigas.

Ele caminhou até a cozinha. Ouvi o som típico do couro rangendo enquanto Nathan erguia os braços para pegar dois copos no armário sobre a pia.

– Você não tá com calor?

– Já ouviu aquela frase "periguete não sente frio"? Então, gótico não sente calor – ele riu.

Claro que eu nunca tinha ouvido a frase. Preferi não perguntar o que era "periguete".

Nos sentamos à mesa da cozinha e ele encheu nossos copos.

Provei a bebida. Era terrível. Nathan sorvia o líquido em seu copo – não se deu ao trabalho de procurar as taças – com fluidez e sofisticação, fazendo o vinho vagabundo parecer néctar dos deuses. Perguntou se podia fumar. Estranhei sua boa educação pontual. Nathan costumava acender o cigarro em qualquer lugar que desejasse, mesmo dentro das boates, e era mestre em despistar seguranças.

– Vou pegar o cinzeiro.

Não me incomodava que ele fumasse em qualquer lugar da casa que não o quarto de Vicente. O meu quarto.

Jamais havia tido vontade de fumar. Porém, ao vê-lo tragando, me lembrava dos casais nos filmes, que acendiam um cigarro na cama após um sexo descompromissado. Invejava a falta de preocupação dos personagens, o relaxamento charmoso. Porque, mesmo que a relação sexual fosse fruto de uma traição ou de um relacionamento conflituoso, o casal sempre parecia descontraído enquanto fumava. Quando adolescente, assistia a cenas assim e desejava ser como a mulher na tela: madura, segura, dona de si. Minha realidade divergia da ficção tanto quanto era possível.

– Nathan, você iria pra cama comigo? – nem acreditei quando as palavras saíram da minha boca.

– Claro – ele não parecia surpreso, tampouco constrangido. Mas seu tom soava seguro demais, forjado. – Gosto de homem, mas de vez em quando tenho tesão em mulher.

Se ele sugerisse qualquer ação naquele momento, eu teria aceitado. A cena de nós dois fumando na cama, ornada por sua jaqueta de couro esparramada pelo chão maculando meu vestido florido de algodão, me fez sonhar acordada por um instante.

– Você não vai se arrumar? Hoje não quero chegar muito tarde porque a casa vai encher. Vai ser badalo.

– Então ele abriu meu peito e comeu meu coração. E me beijou com um pedaço da minha carne ainda na boca. – como vi que Nathan me julgava louca, agarrei seu rosto entre minhas mãos e suguei seus lábios com os meus, para que ele pudesse sentir o sangue. O mesmo sangue que escorria por nossos queixos.

– Você bebeu demais – mas ele ria, o que indicava que também estava bêbado. Tínhamos entrado no banheiro individual da boate para retocar a maquiagem.

Ele havia me emprestado roupas lindas, todas pretas e brilhosas. Um blusão felpudo de mangas compridas e uma calça de vinil que, apesar de bem ajustada em minhas coxas, teve a barra dobrada sempre necessária quando usava calças dele. E agora eu estava com medo de sujar a roupa de sangue. Contei isso a ele.

– Não tem sangue nenhum aqui, Cecília. O que foi que botaram na tua bebida?

Eu simplesmente AMAVA seu jeito afetado de falar. Era adorável e também um pouco tolo, pois o fazia parecer um pré-adolescente botando banca de adulto. O que não diferia tanto da realidade. O jeito como sua voz preguiçosa passeava na curta distância de seus lábios quase colados ao meu ouvido para se fazer ouvir em meio a música alta era fascinante. Uma fala confusa de química e insegurança, mas tão única que me fazia querer escutá-la por horas. Eu estava dormente, entorpecida, febril. Era a bebida. E era sua voz.

Agarrei-o pelo pescoço e o beijei mais uma vez. Pareceu-me que por horas. Alguém lá fora esmurrava a porta do banheiro. Nathan arfava em meio aos beijos, como um afogado demandando resgate.

– Cecília... – ele mal conseguia respirar.

– Eu sei.

– Então...

– Você quer que eu pare?

Ele não respondeu. Não parei.

– Sou uma mulher horrorosa, Nathan – eu o agarrava, e o beijava, e o despia.

– Não é não.

– Sou uma mulher horrorosa – repetia.

Sentia ele quente como eu, seu corpo ia se deixando levar como se não tivesse escolha. Eu não lhe concedia nenhuma. Queria contar a ele o que tinha me levado ao cárcere temporal do "infinito no meio", o que *eu* tinha feito para ficar presa lá. Que a culpa era toda minha. Queria alertá-lo que eu era perigosa e vil. Por fim, sendo assim tão perigosa e vil, acabei não dizendo nada.

Pressionei-o contra a pia suja e abri o zíper de sua calça. Ele gemia aos movimentos da minha boca, apertando minha nuca e meus cabelos curtos. Seus gemidos eram doces como ele, e afeminados, e lindos. No fundo de sua garganta, havia uma rouquidão seca e masculina. Nathan era perfeito por isso. Os gêneros se entrelaçavam dentro dele de maneira tão íntima que era como se não existissem. O nada atingido através do transbordar de tudo.

Como que por mágica, toda a culpa me abandonou.

Seu orgasmo redimiu meus pecados.

Ofegante, ele esperou que eu me levantasse para abrir os botões da minha calça, da *sua* calça que *eu* vestia. Ergueu-me com uma disposição que me surpreendeu e me pôs sentada sobre a pia, enquanto terminava de puxar as calças de vinil até minha canela. Quando Nathan enganchou as mãos por trás dos meus joelhos, de modo a aproximar meu quadril do seu, foi que notei o sangue entre minhas pernas. Uma mancha viva na minha calcinha branca de algodão. Placas grudentas, de um vermelho-escuro meio amarronzado, aderidas às minhas coxas. Soltei um grito involuntário.

– Sai daqui, Nathan! Agora.

Ele, aturdido, não pensou duas vezes antes de me obedecer.

Ouvi sua voz do lado de fora. Ele gritava para se fazer ouvir apesar do som alto e da porta que nos separava.

– Tá tudo bem, Ceci? Você se machucou ou é o que eu tô pensando?

O que ele estava pensando?

Tamanho meu choque, demorei a compreender.

– Cecília?!

– Eu tô bem!

Lavei as coxas como pude com o fio de água que saía da torneira. Puxei uma boa metragem do papel higiênico barato que encontrei e fiz um rolo apressado que coloquei sobre o fundo manchado da calcinha, antes de vesti-la novamente.

– Desculpa – disse a Nathan assim que saí do banheiro.

– Por que você tá me pedindo desculpa?

Eu não fazia ideia.

Passamos na farmácia 24 horas numa das ruas que cercavam a praça próxima a meu prédio e compramos absorventes. Contudo, não podia voltar ao "infinito no meio". Não quando tinha acabado de descobrir que o tempo voltara a correr para mim.

Nathan pegou minhas chaves e subiu ao meu apartamento, enquanto eu o esperava na portaria, para pegar uma calcinha e uma muda de roupa. Depois, tomamos um táxi rápido até sua casa, num bairro vizinho.

Sua mãe estava dormindo quando chegamos.

– Imagina se ela descobrir que você trouxe uma garota pra cá.

– Muitas meninas já vieram aqui, tá? – sussurrou ele, enquanto destrancava a porta. – É claro que vieram muito mais homens...

Abafamos o riso enquanto adentrávamos o *hall* escuro.

– Você mora só com ela?

– Moro.

– E seu pai?

– Eles são separados.

Eu tinha feito uma pergunta um tanto óbvia. Porém, pelo tom escuso de sua resposta, aquela não era uma questão tão bem resolvida. Não falamos mais no assunto. Nathan me ofereceu uma toalha e me levou ao banheiro. O condomínio em que ele morava me parecia novo, assim como tudo em seu apartamento. Os azulejos de um bege bem clarinho, o box de vidro fosco, as plantas de plástico no basculante sem poeira, o odor do sabonete líquido de glicerina... Esses elementos contavam uma aconchegante história impessoal. Senti-me bem como há muito não ocorria. Livre e, ao mesmo tempo, *acolhida*.

O sangue aguado fluía para fora de mim, para o chão, para o ralo. Depois de tantos anos, o sangue que vinha do meu útero novamente tingia a concepção que eu tinha da minha própria natureza, clarificando-a. O líquido que corria nas minhas veias estava também presente nas de Vicente. Contudo, aquele que desaguava do meu útero era só meu. Pelo menos eu gostava de pensar dessa maneira. Um território fora do seu domínio.

O vestido que Nathan havia pego na minha cômoda era amarelo-claro, evasê, fechado na frente com pequenos botões imitando pérolas. Não queria vestir aquilo, de jeito nenhum. Seria como arruinar todo o meu recém-inaugurado estado de consciência. Disse que o vestido me deixava desconfortável e lhe pedi outra roupa emprestada. Ele me entregou uma calça de moletom acinzentada e indicou suas camisetas de malha para que eu escolhesse uma. Peguei a que tinha escrito *The Smiths*.

– Uma amiga me deu uma fita dessa banda uma vez. Nós ouvíamos juntas para treinar o inglês do cursinho. Mas eu gostei tanto que comecei a ouvir sozinha – expliquei.

– Não sabia que você conhecia *The Smiths*! Eu amo.

– Acho a voz dele muito triste. Ele ainda tá vivo?

– O Morrissey? Sim. Tem cinquenta e poucos anos só.

– Pela voz, nunca imaginei que ele fosse durar muito nesse mundo. Tem um timbre suicida.

Ele riu aquela risada ignorante que eu amava.

Desenrolei a toalha que cobria meu corpo ali mesmo, no seu quarto, e me vesti. Mesmo usando apenas a calcinha com o absorvente, não ficava envergonhada na frente dele. Nathan tampouco parecia de incomodar.

– Não quero dormir – falei.

– Nem eu.

– Vem cá.

Subimos para o terraço do prédio.

Nathan pegou duas cadeiras de praia apoiadas numa parede, provavelmente largadas por moradores que iam lá durante o dia tomar sol, e as abriu bem no meio da parte descoberta do terraço.

O sol nascia sobre nós, colorindo de laranja a redoma em que nos encontrávamos, extrapolando as grades que demarcavam o terraço do prédio. Era bem alto ali no décimo andar, mas, ainda assim, nos sentíamos comprimidos pelos inúmeros edifícios à nossa volta. O céu infinito e a forjada cerca de concreto compunham um contraste interessante. O jogo de luzes e sons – estes últimos basicamente pássaros piando ao longe – ficava por conta da natureza. As cadeiras de praia não eram confortáveis, mas nossa sonolência as tornava o leito perfeito.

– Você quer dormir? – Nathan perguntou, a voz pastosa.

– Não. Não vou dormir nunca mais.

Ouvi o farfalhar de sua risada curta. Em seguida, ele tirou o celular do bolso – ainda estava vestido com as roupas da boate – e logo uma batida e um acorde conhecidos anunciaram a introdução de uma música.

Take me out tonight... – cantava Morrissey com seu timbre de falso suicida.

A canção conversava com a atmosfera no terraço como se fosse o último e mais importante detalhe entalhado em uma obra de arte.

Take me anywhere, I don't care, I don't care...

– É meio clichê, mas essa é minha música favorita deles – falou. – Nunca acreditei numa luz no fim do túnel, mesmo porque acredito que esse túnel escuro em que todos nós estamos não acaba. Mas acho sim que existe uma luz que não se apaga. Em algum lugar.

– Uma luz que você jamais vai ver?

– Isso. Mas eu sei que ela está lá.

– E pra que serve? Acho que se você não vê, ela não existe.

– Você tem razão. Mas ainda assim eu acredito.

– Você é teimoso.

– Eu sou taurino – e riu.

Ao fim da canção, o dia se mostrava bem claro, completo. Dava para prever o calor que faria. Seria um domingo quente como aqueles em que eu ia à missa com minha mãe e Vicente. Nosso pai tinha preguiça, aparecia na igreja uma vez por mês e olhe lá, porém ninguém ousaria dizer que ele não era católico. Ninguém ousaria comentar coisa alguma sobre meu pai. Para falar a verdade, não se falava muito nele, nem em sua própria casa, a menos que fosse para colocar medo nos filhos. Contudo, todas as lembranças referentes aos meus pais se assemelhavam a uma névoa fraca sobre meu passado. Havia um resquício de mágoa e momentos ruins, mas os bons tinham sido praticamente apagados, o que apenas acentuava minha mesquinhez. Naquela manhã recém-desperta, porém, não havia espaço dentro de mim para a autoflagelação. Ainda sentia o gosto de Nathan na minha boca e, ao mesmo tempo, ele estava ali ao alcance dos meus olhos. Observei-o acender um cigarro. Suas unhas pintadas de preto brilhavam aos primeiros raios de sol. Do ângulo em que eu o enxergava, deitada de lado na cadeira de praia, dava para ver suas longas costas recurvadas, os cotovelos apoiados nos joelhos. Dava para ver, também, uma lasquinha de seu rosto, sua orelha, sua nuca coberta pelos cabelos pretos em profusão, alinhados por um corte perfeito. Dava para ver a fumaça lânguida dançando para fora do cigarro, mesclando-se ao ar fresco da manhã. Meus olhos estavam pesados. Antes de cair no sono, vi Nathan deitar o corpo no encosto descido de sua cadeira de praia, seu perfil agora tão próximo ao meu. Seus olhos fitavam a redoma azul sobre nossas cabeças, abandonados no vazio de um novo dia. Dormi sem perceber e sonhei com seus lábios puxando o tabaco através do filtro amarelo do cigarro, o perfil recortado pelo céu claro e pelas grades do terraço.

Acordei na cama de Nathan, mas ele não estava no quarto. Como sua cama era dupla, ele havia puxado a de baixo e lá dormido, para me dar mais espaço em cima.

Sentei e cruzei as pernas, as costas apoiadas à parede, enquanto tentava vencer a preguiça e me levantar de vez. Ouvi uma batida na porta.

– Entra – pensei que fosse Nathan. Contudo, antes que a pessoa entrasse no quarto, concluí que tal pensamento não fazia sentido. Ele sabia que eu não me importaria caso ele entrasse sem bater.

Foi então que conheci a mãe de Nathan.

– Bom dia – ela sorriu.

Uma mulher jovem, mais jovem que eu tinha imaginado, os cabelos escuros presos num coque desarranjado. A possibilidade de ter menos de quarenta anos não era remota. Tal perspectiva me provocou arrepios. Que idade eu teria se o tempo não tivesse parado? Com certeza, seria mais velha que aquela mulher.

– Bom dia – esforcei-me para dissipar o raciocínio assustador e parecer simpática. – Sou Cecília.

– Meu nome é Andréia. Aquele menino mal-educado nem para me apresentar...

– Eu que deveria tem me apresentado! Desculpe.

– A culpa não foi sua, filha. Vamos tomar café?

Meu olhar apreensivo deve ter me entregado, pois ela se apressou a me informar:

– O Nathan tá no banho. Logo vai ser juntar a nós.

– Tudo bem.

Pulei da cama e a segui até a sala. Ainda vestia a camiseta e o moletom de Nathan. Estava sem sutiã, descalça e descabelada. Não havia maneira de me sentir mais sem graça naquele primeiro encontro.

É claro que havia. Foi então que Nathan apareceu na sala sem camisa, uma toalha enrolada no quadril.

– Ah, vocês já estão aí...

– Meu filho, você não quer se vestir primeiro?

– Não tem nada aqui que a Cecília ainda não tenha visto.

Meu rosto só não corou mais porque, caso o fizesse, explodiria. Contudo, Andréia conseguiu ficar mais envergonhada que eu. Seus olhos arregalaram e ela praticamente enterrou o rosto no pão francês em que passava manteiga.

– Tô brincando, mãe. Você sabe que eu sou viado.

Nathan provavelmente havia ingerido pílulas de inconveniência no desejum. Ou aquele seria apenas seu jeito de quebrar o gelo? Estaria ele tão desconfortável com aquele encontro que nos deixar encabuladas seria sua maneira de se sentir mais à vontade?

Quanto a mim, queria matá-lo com requintes de crueldade.

– Nathan, vai botar uma roupa – falei com tanta segurança que me arrependi logo em seguida, devido à presença de Andréia, alguém que deveria mais que eu exercer sobre ele alguma autoridade.

Ele esboçou uma careta, mas entrou em seu quarto na mesma hora.

Andréia me dirigiu um olhar admirado.

Meu rosto desconhecia um meio de ficar mais vermelho.

Poucos minutos depois, Nathan estava de volta. Vestia uma camiseta puída do *Joy Division* e uma calça de moletom bem parecida com a minha. Tudo era tão preto quanto seus cabelos.

– Ele não costuma ser gótico assim quando está em casa. Acho que quer te impressionar, Cecília. Se você não estivesse aqui, provavelmente usaria uma camiseta que a tia dele deu, uma que tem escrito "fui a Salvador e lembrei de você". Não é, filho?

Andréia sabia muito bem como dar o troco. Estava começando a gostar dela de verdade. A despeito da cara fechada de Nathan, não consegui conter o riso, o que me rendeu um olhar de aprovação de sua mãe.

– Quantos anos você tem, Cecília?

A pergunta interrompeu meu momento de diversão e me jogou de volta em meu constante estado apreensivo. Mirei Nathan com um olhar cúmplice, que ele não tardou a retribuir, encorajando-me.

– Vinte e dois.

– Nossa, parece bem mais nova. Estava com medo de ser menor de idade e seus pais aparecerem aqui em casa dizendo que meu filho está te levando pro mau caminho.

Se fosse uns anos atrás, seria bem capaz de fazerem isso mesmo.

Abri um sorriso nervoso.

– Olha, meu filho, a Cecília parece uma garota boa. Você deveria andar mais com ela do que com aquelas tuas amigas antipáticas e esquisitas.

O "garota boa" me dava vontade de gargalhar novamente.

– Mãe, eu sou esquisito.

– Não é não.

– Então tá bom.

– Não é mesmo, já disse. Parece seu pai.

À simples menção do pai, a fisionomia de Nathan transfigurou-se por completo. Seu rosto tornou-se lívido, como se aquele termo – "pai" – arrancasse-lhe a alma do corpo.

– Se continuar, vou levar a Cecília para tomar café na padaria – tentou um gracejo, mas sua expressão permanecia demasiado sem vida.

– Eu tô bem aqui – involuntariamente, pus minha mão sobre a dele e a deixei lá até que a frieza de sua pele abrandasse. – A gente não vai a lugar nenhum.

Andréia me deixava confortável. Sempre tinha algo a dizer e, fora as gracinhas iniciais do filho, não permitiu que me sentisse constrangida ou que a mesa caísse num silêncio incômodo. Mesmo conversando sobre trivialidades as quais me fugiram rapidamente da memória, estava longe de ser desinteressante ou frívola. Vendo Andréia, seu sorriso simples e seu jeito fluido de interagir, compreendi a quem Nathan havia puxado. Não sei por que, provavelmente por puro preconceito, esperava que alguém como ele originasse de uma família complicada. Nada sabia sobre seu pai, mas a relação entre mãe e filho me parecia ideal. Não conseguia imaginar que percalços tiveram que enfrentar – se tiveram – contudo, aos meus olhos, Nathan e Andréia formavam uma família feliz.

6

Numa noite, Nathan apareceu no meu apartamento com seu computador portátil, que ele disse se chamar *notebook*. Sentamos no sofá, o aparelho cuja tela fina formava um ângulo de noventa graus com a base cheia de teclas posicionado sobre a mesa de centro. Nathan havia dito que, como ainda não recebera o salário daquele mês e estava sem dinheiro, nossos planos para a noite consistiam em assistir seriados. Ele me perguntou o que eu gostaria de ver, mas acho que só por educação, porque sabia que eu não ofereceria muitas opções e já havia selecionado uma série sobre vampiros, uma de suas preferidas.

Quando Enrique, o vampiro que dormia no meu armário, juntou-se a nós no sofá, percebi que, por mais que o tempo tivesse voltado a correr para *mim*, ali no "infinito no meio" tudo seguia inalterado. Ou melhor, *não seguia*.

A despeito de seu esforço para aparentar naturalidade, era visível que Nathan tinha se assustado com a presença do primeiro ser sobrenatural com forma humana que apareceu para ele ali no apartamento. Naquele dia, Nathan não vestia suas costumeiras roupas que o deixavam parecido com um astro de rock. Usava preto, como sempre, mas numa simples calça de brim e camiseta de malha, esta sobreposta por uma camisa jeans aberta, de mangas compridas. No rosto, nem um grama de maquiagem.

– Então esse é o famoso Nathan? – perguntou Enrique, cínico, com a clara intenção de me deixar sem graça.

– Nathan, esse é o Enrique – enrubesci. – O vampiro que de vez em quando dorme no meu armário.

A expressão de Nathan, difícil de definir, vagava entre a incredulidade, o medo e o fascínio.

A verdade é que, fora o fato de ser um morto-vivo bebedor de sangue, Enrique não possui nada de extraordinário. Parece um homem de quarenta anos comum, só que muito pálido, com um terno preto ajustado e elegante que o assemelha a um advogado bem-sucedido.

Eu sabia que a cabeça de Nathan estava fervendo em perguntas e, quando isso acontecia, ele apenas ria.

– Você não vai tentar atacá-lo, vai? – de repente um alarme soou na minha cabeça.

– Não se preocupe, acabei de me alimentar – respondeu ele, sentando-se ao meu lado. Agradeci silenciosamente a consideração que Enrique teve em não ficar muito próximo a Nathan.

Ouvi uma gargalhada estridente e completamente destacada da situação.

Nathan. Assim que notou ter se excedido, fechou a cara e começou a mexer no *notebook*, com espontaneidade dissimulada.

Enrique sorriu e me olhou de canto de olho.

– O que vocês estão assistindo? – perguntou o vampiro.

– Um seriado sobre vampiros – dessa vez fui eu que não contive o riso.

Por mais contraditório que possa soar, havia algo na presença de Enrique que empregava certa leveza ao ambiente, como se sua não-vida nas trevas o houvesse conferido uma estranha luz. Ou talvez fossem apenas poderes vampirescos de encantamento, vai saber.

Enquanto Nathan e Enrique se divertiam com os dois vampiros bonitões principais, eu estava achando a protagonista humana uma chata.

– Vocês não se incomodam com essa mocinha sem sal, não? Ela deixa toda a trama insuportável. Eles que estão mortos e ela que parece sem vida.

– Eu acho ela linda – comentou Nathan, de um jeito tão leviano que me irritou.

– Não estou falando disso.

– Ela não fede nem cheira – disse Enrique, e seu tom dava a entender isso não era um grande problema.

– Sinceramente...

– Mas esse outro, o malvadão de cabelo preto, esse é um espetáculo! – completou o vampiro real.

– Gostei da outra menina, a ruiva – tentei mais uma vez.

– Quem, a piranhona?

– Adoro piranhona – declarei, triunfante.

Os dois riram e eu fingi que achei graça.

Depois de assistirmos a mais dois episódios do seriado da protagonista insossa, Nathan trocou para uma série de ficção científica britânica. Dessa sim eu gostei. O tom humano e nada superficial com que abordava viagens no tempo conseguiu me prender. Mesmo sem os protagonistas galãs, substituídos por um inglês narigudo e charmoso, meus dois companheiros também pareciam entretidos.

Era curioso. Enquanto na série de TV os personagens podiam viajar com liberdade pelo espaço-tempo em uma nave que parecia uma cabine de polícia, eu tinha vivido presa num mesmo momento e num mesmo lugar temporalmente intacto. Meus olhos fugiram da tela do computador por um instante e se prenderam ao perfil de Enrique. Quando ele sorria, reagindo às cenas cômicas, seus caninos pontiagudos se mostravam. Não havia dúvida de que ele era um ser que a maioria das pessoas lá fora não acreditava existir. Eu me perguntava, então, por que estaria justamente ali, na minha sala, compartilhando comigo uma atividade tão banal. Não. Assistir a um programa de TV numa sexta à noite, para mim, não tinha nada de banal. Pelo contrário, parecia-me extraordinário, independente da presença do vampiro. Nem na vida antes do "infinito no meio" aquela programação seria considerada corriqueira. Na minha casa havia apenas duas televisões: a da cozinha, minúscula e em preto e branco, na qual minha mãe assistia às novelas e programas de variedade; e a da sala, sempre dominada por meu pai. Vicente e eu deveríamos nos adaptar ao que nossos pais decidiam ver, geralmente em um mesmo canal. Desnecessário dizer que sempre acabávamos preferindo o quarto dele, no qual fingíamos estudar a noite inteira. Por isso, nunca adquiri o hábito de ver televisão e, mesmo durante meu longo período "presa" no apartamento e sozinha, raros eram os momentos em que ligava o aparelho.

De Enrique, meus olhos passearam até Nathan, sentado do meu outro lado no sofá. Estranhamente, a presença do vampiro afigurava-se muito mais sólida que a do garoto. Ainda seria complicado apreender sua permanência na minha vida e todos os fenômenos por ela desencadeados. Seus cílios longos se curvavam com tamanha singeleza que era como se conversassem com meu interior. "Talvez eu o tenha inventado, Nathan...", repetia a mim mesma. Sua mão que pousou sobre a minha e logo a envolveu, apoiando as duas sobre sua coxa, poderia afirmar o contrário. Contudo, talvez não passasse de mais uma pequena ilusão falsificada por minha mente machucada. Outra forte possibilidade seria a de que ele também precisasse se convencer que eu, Cecília, não me resumia a um mero fruto de sua imaginação.

Às vezes eu penso isso... Será que todos que vejo, todos que não são *eu*, não passam de pura fantasia? Como uma miragem muito bem elaborada, como se o *eu* fosse um deus criador de tudo à minha volta, e não houvesse mais nada além dele. Além de *mim*. Isso pode parecer terrivelmente autocentrado, eu sei. E pior, muito *solitário*.

7

Deveria tê-los avisado que tudo nesta história seria repulsivo. Não tudo, talvez, mas a maior parte das coisas. Deveria tê-los advertido. Vou me despejar em frases curtas. E justificativas. Vou tentar ludibriá-los para que pensem que talvez eu não seja assim tão ruim. Ou, então, levá-los a acreditar que sou pior do que realmente sou. Nossa imaturidade nos conduz a tais artifícios para justificar nossa falta de autoconhecimento. Dentro do copo vazio que é meu coração, um dia houve um rio transbordante. Minhas veias foram nascentes e córregos. Um córrego é menor que um riacho, mas já ouvi falar de gente que morreu afogado neste tipo de corpo d'água. Dá pra morrer até com a cara enfiada numa poça. Mas agora nada mais morre ou vive em mim. Nem os peixes nadam mais. Meus órgãos internos, exangues, deixaram de me guiar ao mar.

Às vezes penso que minha personalidade foi destruída em mil pedaços. Sempre que conversava com minha mãe ou conseguia me abrir um pouco com alguma amiga – é claro que nunca sobre Vicente –, cada conselho ou opinião agia como um pequeno martelo golpeando delicadamente alguma parte minha, até soltar uma lasca. Ao fim da conversa, sentia-me partida. Queria dizer-lhes: "Você me trata como se eu fosse uma criança, e tudo que eu digo sobre mim mesma você diz que não é verdade. Posso não ser a rainha do autoconhecimento e do discernimento, mas você também não é nenhum juiz. Quem lhe conferiu autoridade para deslegitimar todas as minhas cores?".

– Eu não quero ser olhada assim tão de perto – tentei explicar meu ponto a Nathan. Naquela tarde, ele havia me levado para ver o pôr do sol na praia, depois do trabalho.

Nathan só ia à praia quando estava frio ou à noite. E quando havia pouca gente. Por mais que a areia úmida e o vento forte fossem um pouco desconfortáveis, ainda seria melhor que sol de quarenta graus, dizia ele.

– Não queria que me falassem sobre o meu desejo, sobre a minha ira, sobre minha anulação, sobre minha pretensa tirania. Ninguém seria capaz de retribuir o meu amor ou sequer compreendê-lo – prossegui.

– Tem gente que acha que vê o outro, mas não vê.

Concordei, em silêncio. Depois continuei:

– Quando sentia que não estava tão sozinha, alguém se revelava para mim e eu enxergava, desapontada: não havia quem estivesse perto de me entender.

– Ser amado não é só ser admirado, é ser *conhecido*, compreendido. Dizem que não se pode amar o que, ou quem, não se conhece. Eu acho que conhecer verdadeiramente *é* amar. Se eu souber que há alguém no mundo que me conhece muito bem, aí vou saber que sou amado. Conhecer e compreender é o maior amor do mundo.

– Então essa é a luz que nunca se apaga.

Seus olhos me fitaram com uma gota de dúvida.

– Como você disse aquela vez no seu terraço. Como na música que nós ouvimos – lembrei-o.

– Sim, acho que é isso.

8

Nathan carregou meu corpo exaurido para sua cama.

Pedi que me levasse de volta ao meu apartamento, porém ele se recusou, alegando que eu não conseguiria me recuperar lá dentro. Lógico que o momento do meu primeiro porre chegaria. E veio de um jeito que eu não esperava, depois de quinze minutos de festa e pouquíssima diversão.

– Você tá bem? – tinha me perguntado, enquanto eu me debruçava sobre seu pescoço e farfalhava qualquer gracinha em seu ouvido.

– Tô ótima.

– Jura? Se tiver passando mal, é só falar que eu ponho o dedo na tua garganta.

– Eu tô bem.

Naquele minuto eu estava. Juro. No seguinte, não mais.

Minhas mãos espalmaram o poliéster suado da camisa preta de Nathan. O perfume dele propagava no suor magicamente. Queria beijá-lo de novo, como da primeira vez no banheiro da boate, fazê-lo entrar em mim e derramar sobre meu corpo seus gemidos tão opostos aos de Vicente. Vicente sequer gemia. Quando fazíamos amor, ouvia-se apenas sua respiração invariável e o ranger do colchão. Pensando bem, o colchão deve ter nos entregado. Por mais que tentássemos abrandar o barulho, era impossível calá-lo por completo.

O colchão de Nathan tinha lençóis mais limpos que eu desejava. A escassez de seu perfume em meio ao cheiro de roupa de cama recém-lavada me decepcionou, principalmente porque ele se recusou a deitar ao meu lado e eu não teria seu pescoço próximo para suprir minha carência. Choraminguei seu nome e estiquei as mãos feito criança para suplicar que ele ficasse. Beber me punha ainda mais patética, mas na hora não pensei nisso, ocupava-me apenas em tentar conter meu enjoo e pedir a Nathan que não me deixasse, mesmo sabendo que ele jamais me tocaria enquanto eu não estivesse num estado normal de consciência.

Erguendo minha cabeça, me fez beber um copo d'água inteiro e colocou outro sobre a mesinha de cabeceira.

– Quer comer alguma coisa?

Pensar que talvez ele não tivesse aquele tipo de cuidado nem consigo mesmo me apertou o peito.

– Não consigo.

– Mas você precisa comer alguma hora.

– Não agora.

– Quer vomitar?

Disse que não, enfática, mas menos de dez minutos depois cambaleava até o banheiro e despejava o interior do meu estômago dolorido no vaso sanitário. A melhora foi automática.

– Tô bem, deita aqui comigo.

– Por que eu nunca acredito quando você diz que tá bem?

– Porque você é o oposto do meu irmão. Ele sempre acreditava, esse era o problema.

– E por que você fala dele o tempo todo? – sua reclamação não se tratava de ciúme, mas sim de algo entre a preocupação e o enfado.

– Ele foi meu mundo, minha casa, minha alma. Ele foi tudo que eu sou.

– Você ainda tá bêbada... e naquela fase que só fala besteira sentimentalóide.

– Você nunca passa mal? Duvido.

– Não na frente dos outros.

– Nossa, eis o rei do autocontrole.

– É sério, não tô tirando onda. Não importa o quanto eu beba, fume ou cheire, consigo chegar inteiro em casa. Acho que meu organismo foi programado a não confiar em ninguém, a não se colocar à mercê dos outros. É quando chego aqui que bate a *bad*. No dia seguinte, tô querendo morrer.

– Me ajuda a programar meu organismo.

– Você faz coisas muito mais difíceis.

– Por exemplo?

– Continuar viva depois de toda merda que passou.

– Será que eu tô? Viva.

– De novo isso, Ceci?

– De novo, de novo, de novo. Comigo é assim.

Nathan pousou seus dedos nos meus lábios, com carinho, e deixou-os lá por um tempo.

– O que foi isso? – perguntei, quando ele afastou a mão.

– Fiquei com vontade de te beijar.

– E por que não beija?

Ele me desejou boa noite e saiu do quarto. Quis esganá-lo, mas só por alguns segundos, antes de cair no sono sem fundo dos bêbados.

9

Sentada à mesa da sala e iluminada por um abajur trazido do quarto dos meus pais, o calor tornava impossível a tarefa de escrever uma carta. Meu cérebro não respondia a qualquer estímulo cognitivo. Eram quase quatro horas da manhã quando decidi tomar um banho. Irritada e sonolenta, arrastei-me da sala ao banheiro.

Não me assustei ao ver a *selkie*, a mulher-foca, sentada em minha banheira vazia, as belas pernas nuas brilhando à luz da lâmpada incandescente. Sua pele quase se camuflava aos azulejos branco-azulados do banheiro. O cabelo, bem mais longo que o meu antes do corte, possuía uma cor marrom-acinzentada. Seu nome era Atla. Não fazia muito tempo que ela aparecera pela primeira vez no "infinito no meio", ocasião em que me narrou sua história enquanto dividíamos a banheira, durante um banho frio. Eras atrás, ela vivia no mar. Porém, numa noite em que dançava na praia acompanhada de suas amigas *selkies*, que aproveitavam a hora avançada e a aparente ausência de humanos para se divertir sem suas peles de foca, sua vida mudou para sempre. Um jovem pescador que caminhava por ali viu as festividades das criaturas mágicas e, seduzido, roubou a pele de foca daquela que julgava mais bela. Era ela, Atla, a *selkie* na minha banheira. O pescador em questão conhecia as lendas, sabia muito bem que quando um humano rouba a pele de uma *selkie*, ganha o fatal direito de tomá-la como esposa.

Sem sua pele, Atla fica presa na terra, tendo que se submeter à vontade de quem a escondeu. Casa-se com o pescador; sua mente, porém, jamais se afasta do mar, de seu marido e seus dois filhos *selkies*.

Desditosos anos se passam em sua prisão. Ela se torna mãe novamente, dos filhos daquele que a fez cativa. O pescador, não mais tão jovem, faz questão de torturá-la sempre que a esposa demonstra qualquer insatisfação: “lembre-se que possuo a chave daquele baú, que guarda sua pele de foca”, diz, com frieza, indicando o pesado baú junto à cama do casal. Agrada-lhe ouvir o choro miúdo dela, durante a madrugada escura, encolhida num dos cantos do quarto.

Então, após uma noite de bebedeira, enquanto o cruel marido dorme estirado no tapete da sala, Atla vislumbra um pontinho dourado de esperança. Do bolso dele, escapole a chave. Ela sabe que é a chave certa, capaz de abrir o pesado baú e lhe devolver a liberdade. Atla não hesita: com a ponta do dedo puxa a chave e recupera o que é seu por direito.

Larga as crianças no quarto e, com sua pele de foca nos braços, corre para a praia. As roupas de dona de casa são lançadas longe, em algum lugar da areia sem fim. O vento frio da noite sopra seus cabelos, como naquela outra noite, a última em que fora verdadeiramente livre. A *selkie* veste sua saudosa pele e, como a foca que é, que voltou a ser, mergulha no mar. Pode, enfim, retornar ao seu marido *selkie*, aquele que sempre amou, e a seus dois filhos concebidos por livre vontade.

Contudo, sua felicidade não dura quase nada.

O pescador, ao descobrir ter sido enganado, emprega todos os seus recursos em busca da esposa fugitiva. Reúne os amigos, cada qual em seu barco, determinado a capturar novamente Atla e enfurná-la de volta no que chamava de lar. Seu ódio é tamanho que, tendo-a encontrado e vendo-a na companhia de sua verdadeira família marinha, ele não hesita em massacrar o marido e os filhos da *selkie*. Então, tomada por um pranto embebido em desespero diante dos corpos de seus entes queridos, a mulher-foca jura vingança.

Um a um, os pescadores vão caindo de seus barcos. Enquanto observa os amigos se afogarem, aquele que a fizera escrava implora por sua piedade. Atla lhe permite escapar, mas não impulsionada por uma súbita misericórdia: ela lhe reserva um destino muito pior.

Nos dias que se seguem, homens são misteriosamente arremessados de penhascos. Outros simplesmente se afogam ao nadarem no mar. As histórias se espalham, o pânico se alastra. Um a um. Seus corpos são encontrados destroçados na praia, carcomidos por peixes, exalando um odor de podridão que não tarda a se espalhar por toda a pequena cidade litorânea. Um a um. Todos os homens do vilarejo pesqueiro são exterminados.

O vil pescador é o único que resta.

Em sua casa, ele se esconde e range os dentes de pavor. Agarrado às antigas roupas da esposa, implora por perdão. Seus filhos, negligenciados pelo pai que enlouqueceu, precisam ser alimentados pelas vizinhas. Ele entreouve as mulheres sussurrando, condenando-o: "deveria ser um bom pai", "não foi a toa que a mulher o deixou", "sempre a maltratou", "quem ia querer esse traste?", "um covarde", "tenho pena das crianças".

Perturbado pelas vozes, o pescador deixa sua casa e caminha em direção à praia. Seu delírio o leva a vislumbrar a cena daquela noite longínqua em que as *selkies* dançavam na areia. Tinha sido tão fácil para ele... acreditar-se seduzido, convidado a tomar uma delas para si. Um rompante de lucidez perpassa sua mente. "Não era para mim que dançavam".

E, implorando perdão, atira-se ao mar.

– Como você sabia que ele estava pedindo perdão? – perguntei a Atla na ocasião em que me narrou sua história.

– Minha mente estava conectada à daquele homem, por mais que isso me causasse repulsa. Há algo em nossos cérebros que nos escraviza, algo que ultrapassa nossos corpos.

Aquela frase tinha ficado na minha memória.

Então, naquela madrugada calorenta do meu segundo encontro com a *selkie* na banheira, resolvi perguntar a ela:

– Ainda há algo no seu cérebro que a escraviza?

– Claro. Mas tudo fica em segundo plano quando vejo o mar. O mar supera tudo.

Abri a torneira da banheira e observei a água encanada fluir por entre os dedos dos pés dela. Desabotoei minha camisa e a larguei no chão junto com a calcinha.

– Eu não tenho um mar para o qual voltar – entrei na banheira e me sentei de frente para ela. – Só tenho esse apartamento. Mas ele não me oferece liberdade, muito menos me inspira paixão, pelo contrário...

Em silêncio, esperamos a água atingir a linha da nossa cintura, depois nossos seios, até quase encobrir nossos joelhos dobrados. Me contorci para alcançar a toneira e fechá-la.

– Como foi matar todos aqueles homens?

– Os primeiros – respondeu ela, encaixando o queixo entre os joelhos, – os pescadores foram um verdadeiro êxtase. Não falo do prazer vazio ao vê-los sucumbir ao mar, falo de algo maior, de algo que só quem se viu privado de tudo que lhe era mais precioso entende. O frenesi irracional da revolta, foi isso que me acometeu na hora, isso que senti. Quanto aos outros homens da cidade, o sabor mostrou-se totalmente diferente. Insípido. Corriqueiro, arriscaria dizer. Suas mortes não me causaram impacto algum, embora tais imagens de agonia funcionassem como um bálsamo às feridas que se abriam toda vez que me lembrava dos meus filhos e marido mortos. Sabia que precisava matá-los, todos. Mas não por mim. Pelas minhas irmãs *selkies*, para que elas pudessem voltar a dançar na praia sem temer ter sua liberdade tolhida, suas vidas roubadas. Não foi *apenas* por raiva que exterminei aqueles homens. Foi *também* por raiva.

Em silêncio, cheguei à conclusão que eu mesma tinha passado por situação semelhante. O que eu havia feito a Vicente fora por raiva, mas não somente. Remeter àqueles fatos me provocava tamanha resistência que não era capaz de mencioná-los nem à *selkie*, uma criatura sobrenatural que dificilmente me julgaria.

– Venha, vou lavar suas costas – disse ela, em meio a um gesto para que me virasse. Eu o fiz.

Atla esfregou na pele grudenta das minhas costas o sabonete perfumado – um dos vários itens que Nathan havia trazido para reabastecer a casa depois que meu relógio voltou a girar –, usando seus longuíssimos cabelos como esponja. Pude perceber que, tanto em suas palavras quanto em seus gestos, não havia um pingo de culpa. Desta forma, era como se a água que derramava em minhas costas, junto com a espuma do sabão, livrasse-me também da minha própria culpa.

A carta que escrevi a Nathan depois do banho dizia o seguinte:

Vim aqui tentar me comunicar com você. Sabemos que às vezes é impossível qualquer troca verbal oral entre nós. Por isso, escrevo. Eu, que sempre guardei milhões de coisas no meu coração. Se não expulsá-las, as frases que deixo de dizer virarão um corpo estranho na minha garganta, como um comprimido que não consegui engolir direito, ou um pequeno inseto desnorteado que se mete numa narina por falta de lugar melhor para ir. De todas as vezes que você enfiou o dedo na minha garganta, em nenhuma conseguiu expulsar uma letrinha sequer. E, como todo mundo diz, o melhor a fazer para curar o enjoo é vomitar.

Agora que estou aqui, tudo me fugiu. Talvez esta carta morra aqui neste caderno, talvez ela morra nos seus olhos. De qualquer forma, a morte é certa.

Não consigo elaborar uma frase com eficácia expressiva.

Acho que não importa muito o que eu tenho a dizer, na realidade...

Pra falar a verdade, estou aqui pra saber o que você gostaria de conversar comigo. O que você tem a me dizer quando está sóbrio. Mas devo me esforçar. É o que o mundo espera de mim, que eu abra a minha a boca, que eu tenha uma posição... Não que fique bobamente olhando pra sua cara enquanto você cospe uma revoada de besteiras agradáveis. Com prazer, eu seria uma das suas palavras sem sentido. Uma das suas frases quimicamente alteradas. E, mais uma vez, estou fugindo do meu objetivo.

Vou te dizer o que tenho pra dizer.

Porque, afinal, ouvi-lo nunca me levou a lugar algum. E jamais levará. "Eloquência" é um termo misterioso cujo significado não lhe foi ensinado, assim como "sensatez" e "atenção". Você me obriga a ser didática. Será que tenho talento para lecionar? Será que eu quero, em primeiro lugar? A resposta incontestável é: não. Só quero que você me ouça. Me leia. Me veja.

Confesso que é difícil manter minha posição quando você me elogia. Contudo, não se trata de uma sensação frívola de ego bem nutrido, é só que quando isso acontece significa que você me repara. Você se dá conta de que estou ali. Minha dignidade, de mãos dadas com minha atitude, se lança destemida no penhasco da obscuridade.

Minha garganta está arranhada pelas garras irritantemente finas do não-dito.

Mas se você me pagar uma bebida forte, que você sempre paga, minha dor é amenizada. O calor do álcool me conforta de dentro para fora, mesmo que seu corpo não o faça. Tenho apenas seu discurso troncho e, vez ou outra, seus abraços.

Agora me vejo, assim como você, lutando contra a falta de sentido. Meu estado de espírito deveria ser o mais propício para expor meu interior a você agora. Entretanto, sem a dose certa de equilíbrio, o tiro sai pela culatra, sobriedade e lucidez se tornam amarras. Com essas sim estou acostumada. Quando você olha pra mim com seus olhos altos, não vê as barras de ferro ao meu redor?

Foco num pequeno ponto da minha nuvem de divagação. Há algo de poético na minha fraqueza. Um dos meus clichês preferidos é o que diz que a beleza é feita de fragilidades. (Ou fui eu que inventei isso agora?) Sinto que se enveredar minha reflexão por este caminho, talvez chegue àquilo que tenho para te dizer... Mas, por enquanto, o caos povoado pelas milhares de vozes ao meu redor não me permite ver a luz.

No meio do vendaval, uma palavrinha conseguiu grudar suas ventosas na minha parede craniana.

Se eu fosse poeta, faria de você um poema. *Seria o único jeito de empregar-lhe algum sentido. E, mesmo que ninguém o lesse, eu o teria sempre comigo por escrito. Eu o levaria a um sarau para que fosse declamado (só assim você passearia em qualquer outro lugar que não uma boate ou um bar). Seria maravilhoso porque, dessa maneira não muito complicada, você se tornaria minhas palavras.*

Palavras em busca das quais tateio há horas, aqui, sem conseguir encontrar.

PARTE III: DENTRO

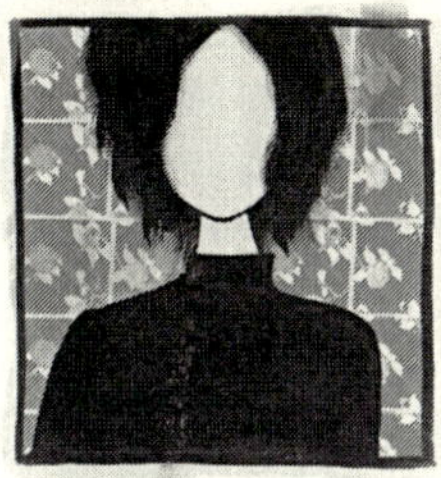

1

Meu irmão e meu amor,
Eu tenho razões para sorrir,
para me sentir feliz,
para ficar triste,
para cantar,
para escrever poesia
e para não querer acordar no começo do dia
Mas só tenho uma razão para sangrar
E essa razão é você.

Era um bilhete de poucas linhas e sem razão de ser. Um bilhetinho de amor que nenhuma adolescente comum escreveria. Apenas uma desmiolada como eu. Certa vez, tinha enfiado entre as roupas de Educação Física de Vicente. O papel tosco, arrancado de um caderninho vulgar, de pautas azuis desbotadas. A caligrafia, redonda demais, tola.

Foi uma surpresa quando Nathan o encontrou. Ele disse que estava debaixo do sofá da sala e que viu a pontinha do papel empoeirado quando se agachou para pegar os óculos escuros que tinha derrubado. Como a carta que eu havia escrito para ele desaparecera, o bilhete parecia uma compensação da natureza. Algo dado em troca de outra coisa retirada. Para falar a verdade, eu não sabia se Nathan tinha encontrado a carta durante um momento meu de distração. Deixara-a sobre a mesa da sala, mas, antes que me desse conta, havia desaparecido. Ele não a mencionou. Também não vi o momento em que achou o pedaço de papel direcionado ao meu irmão, sob o pé do sofá. Minha mãe também tinha achado aquele bilhete, anos atrás. Nunca senti tanta vergonha na vida.

– O que é isso, Cecília? – seus olhos me escalpelavam, incrédulos, sem querer sequer vislumbrar as possibilidades que aquele poema malfeito denotava.

Por que sentimos tanto constrangimento perante nossos pais? Por que tudo é tão vergonhoso que nos faz querer desaparecer ao simples pensamento "meus pais podem descobrir". Uma nota baixa, uma advertência, um cigarro, uma bebedeira, um romance... E, principalmente, qualquer coisa relacionada a sexo. Tudo é motivo para que comecemos a odiar a nós mesmos. Desde quando eles, os pais, são essas criaturas perfeitas e cândidas? Será que o manto do virtuosismo e da moralidade é jogado sobre eles no momento em que se tornam nossos pais? O oposto do amor não é o ódio, mas o pudor.

Talvez meu pecado fosse maior que qualquer outro. Mas este era um pensamento arrogante e descabido. Meu pecado – *nosso* pecado – não seria obviamente tão grave quanto um assassinato. Ou um suicídio. Será que o deus em que minha mãe acreditava e a quem tanto se dedicava perdoaria sua filha? Seus filhos. Duas crianças defeituosas. Pecadoras.

– Mãe... – senti meus lábios tremerem de vergonha. O sangue subiu à minha cabeça e despontou nas minhas faces. Tentei murmurar mais uma vez "mãe..." em tom de súplica, mas a palavra parecia imaculada demais para ser pronunciada por minha boca de pecadora.

De repente, uma espessa materialidade embalou meu corpo. Sentia-a nas laterais de meus membros. Naquele dia mesmo, pela manhã, havia questionado minha própria existência mais uma vez. Ainda não tinha chegado a uma conclusão satisfatória quanto à questão "Eu existo ou não?". Podemos provar qualquer coisa neste mundo, pensava, menos nossa própria existência. Mas eu, Cecília, possuía um espelho. Vicente, obviamente. Não um espelho propriamente dito, mas uma espécie que refletia meu negativo. Quando ele era bom, eu era má. Quando ele era mau, eu era boa. Jamais seríamos ambos bons ao mesmo tempo. O contrário também nunca aconteceria, os dois maus. Mas isso não deixava de ser uma conjectura pueril e maniqueísta.

Foi quando Vicente entrou em casa e me perguntou:

(Foi quando Nathan me perguntou:)

– Cecília, por que você fez isso?

Eu não sentia culpa. Não por isso. Uma vergonha imensa, descomunal, por ter sido pega no ato. Mas culpa, não. Porque aquilo era eu mesma e não constitui crime ser o que se é.

– Cecília – era a voz de Nathan que me falava. Suspirei de alívio.

Seus olhos vidrados me puxavam para a superfície da realidade. Daquela realidade.

– Eu não deveria ter te mostrado isso – lamentou. – Vem, vamos sair.

Não queria sair. Mas me deixei levar porque também não queria ficar. Devolvi-lhe o bilhete, porque não sabia o que fazer com ele, e fui me arrumar. Desejava aparentar o mais masculina possível naquela noite e para isso as roupas de Nathan não me serviam muito bem. Vasculhei as gavetas de Vicente e, a muito custo, encontrei o que queria: o traje preto e formal que usara no enterro da prima distante, no dia em que ficamos juntos pela primeira vez. Não havia nada de mais naquelas peças, mas o jeito que elas me caíram provocou o efeito que eu buscava de forma primorosa. Praticamente me engoliam, pondo meus quadris retos e meus ombros caídos, escondendo as curvas das minhas pernas e disfarçando meus seios. Parecia saída de um filme do Charles Chaplin. Calcei os coturnos que Nathan havia me dado, porque eram os únicos sapatos meus que combinavam, e resolvi manter o rosto livre de maquiagem. As excessivas noitadas com Nathan tinham me rendido olheiras significativas que eu costumava esconder com corretivo, no entanto, naquela noite, os círculos escuros em volta dos meus olhos ornavam com o restante do visual. Além disso, não havia paciência nem vontade para enfeites.

Na verdade, queria sair sozinha.

Por algum motivo, ou por nenhum motivo, estava com raiva de Nathan. Ele com certeza percebeu meu comportamento enviesado, mas preferiu não falar nada, ou decidiu não falar temendo começar uma briga desnecessária. Talvez eu *desejasse* uma briga desnecessária, porém não iria provocá-la. Não enquanto ele não desse motivos reais.

Só que ele deu.

Depois concluí que o que eu estava sentindo anteriormente era um tipo de pressentimento. Ou intuição. Por mais que não acreditasse em nenhuma dessas coisas... apostava mais em uma espécie de energia predisposta à catástrofe. Foi no fim da madrugada, depois das quatro da manhã. Nathan havia me largado na pista de dança, em companhia de uma de suas amigas antipáticas, com a desculpa de buscar mais uma bebida no bar.

Procurei-o por toda a boate, que não passava de um casebre no centro da cidade no qual, de dia, funcionava uma escola de arte.

Por este motivo, havia no bar do segundo andar diversas partes humanas esculpidas em gesso, sobre prateleiras e penduradas em ganchos nas paredes pintadas de preto, em meio a tantas outras esculturas macabras cujas formas eu não era capaz de identificar. O ar estava abafado e – o que o tornava ainda mais insalubre – havia pessoas que fumavam lá dentro, já que a varanda reservada para os fumantes era estreita e estava sempre lotada. O calor, a fumaça e a escuridão me perturbavam. Queria ir embora. Não havia mais nada para mim ali. Em meio a toda aquela gente da minha idade, porém que vivera tão menos tempo que eu, cheguei à conclusão que estava cansada. De Nathan, das farras, da falta de esperança que tudo aquilo me entregava. No início, amava tal falta de esperança, de perspectivas, adorava a ilusão de liberdade devolvida a mim depois que meus ponteiros voltaram a girar. De repente, foi como se eles tivessem parado de novo. Retrocedido.

Encontrei Nathan na famigerada varanda de fumantes. Mas ele não estava fumando, nem estava sozinho. Pendurava-se no pescoço de um cara um pouco mais alto que ele, com os cabelos compridos pintados de azul. Creio ter permanecido ali, num canto da varanda apertada, por cerca de quinze minutos. Ele não me viu.

Eu não podia estar chateada.

Não podia estar com raiva.

Não fazia sentido a sensação de diminuir um pouco a cada segundo.

Estapafúrdio que meu coração tivesse se partido em mais pedaços que as inúmeras bitucas de cigarro no chão.

Inaceitável eu continuar sendo a mesma criatura vazia que fora por toda a minha vida esticada.

Afastei-me o mais rápido que pude dali, condenando-me, maldizendo-me. Desci as escadas e abri caminho em meio à pista do térreo, sem me atentar ao fato de que não podia simplesmente ir embora sozinha. Era madrugada e a cidade, perigosa – especialmente para uma moça. Além disso, não havia um centavo no meu bolso. Jamais imaginei que fosse precisar de coisa alguma com Nathan ao meu lado.

Depois que saíra do "infinito no meio", Nathan havia se tornado parte de mim. Nunca pensei, porém, que tal parte fosse suscetível a uma amputação. Eu não poderia tê-lo englobado ao meu ser de maneira tão leviana. Nem com Vicente tinha sido assim. Meu irmão e eu sempre fôramos indivíduos distintos, separados, mesmo sendo o espelho-negativo um do outro.

Por que Nathan estava por aí *sendo* sem mim?

Cruzava a porta da boate, sem pensar que cairia sozinha em uma rua do centro da cidade em plena madrugada, quando me interceptaram.

– Ei, Cecília! – ouvi uma voz feminina às minhas costas.

Olhei para trás e me surpreendi ao ver quem me chamava. Uma amiga sorumbática de Nathan fumava encostada ao portão da casa, a mesma que eu havia largado na pista de dança para ir à procura dele. A ruiva baixinha de quem ele era tão próximo.

– Já vai?

– Vou – respondi, atordoada.

– Sozinha?

Notei que ela era de poucas palavras. Considerando meu estado letárgico, seria um diálogo monossilábico.

– Sim.

– E o Nathan?

– Não sei.

– Vou chamar um táxi – e empunhou o celular.

– Não! – gesticulei, subitamente enfática. – Eu não...

– Tá sem dinheiro? Não tem problema, tenho algumas corridas grátis por esse aplicativo.

Minha expressão transpareceu total falta de compreensão.

– É novo – justificou. – Rola uma promoção.

– Ah... – continuei às escuras. – Obrigada.

Vasculhei o nome dela em cada canto da minha memória. Nada. Que criatura sem consideração eu era. A menina esperou comigo na frente da boate-escola-de-artes até que o táxi viesse. Quando me afastei, ela acenou para mim, sem sorrir.

– Me liga quando chegar – disse ela, em voz alta o suficiente para que o taxista ouvisse. Ela sabia muito bem que eu não tinha seu número.

A dor de uma garota é só a dor de uma garota.

É pequena, ou transparente, ou mágica. Que acende e apaga aos olhos do mundo como um pisca-pisca. Naquela noite, em especial, não queria ser uma garota. Queria ser vista, e não caçada. Queria ser algo sério, algo grande, algo humano. De que me servia a magia que me rodeava? Eu me sentia como uma daquelas fadas. Sobrenatural e brilhante, mas cujo corpo é capaz de ferir quem o toca.

Nathan certa vez me mostrou uma música que dizia: "garotas que brilham amam o escuro". Às vezes eu queria me rasgar ao meio, só para ver se por dentro brilhava alguma luz.

2

No segundo ano do que antigamente chamávamos Primeiro Grau, eu tinha uma colega muito próxima, que sabe-se lá por que vivia colada comigo para cima e para baixo. Seu nome era Bárbara. Eu o achava bem apropriado, já que seu comportamento não costumava ser dos mais civilizados. Uma menina de temperamento difícil, encrenqueira e truculenta. A princípio, pareceríamos um par improvável; contudo, uma segunda olhada esclarecia logo o porquê de Bárbara ter me escolhido como amiga. Eu era uma bobona sem voz ativa, a qual não se importaria em concordar com qualquer bobagem que ela falasse. Às vezes, servia até como bode expiatório para seus pequenos delitos. Minha família sabia muito bem ser negligente quando convinha, o que, tratando-se de mim, acontecia com bastante frequência.

Certa vez, Bárbara roubou o anel de uma professora. A mulher o havia esquecido sobre sua mesa quando saíra para lavar as mãos sujas de giz e minha ligeira colega não tardou em surrupiá-lo. Eu não estava atenta no momento do furto, a cabeça baixa dedicada ao exercício de Português como o resto da turma, e só fiquei sabendo bem depois que o anel era roubado.

Isso porque minha generosa amiga me presenteou com aquele mesmo anel. Quando ela surgiu com o solitário prateado, fui preenchida por tamanha alegria que pensei em abraçá-la. Temendo que ela me ridicularizasse, porém, preferi me conter. Eu era tão idiota que nem pensei em lhe dizer que não podia aceitar algo tão precioso, como faziam os adultos. Imaginava que uma joia daquela deveria custar caro, por isso optei por mantê-la guardada em uma caixinha trancada a chave no meu quarto. Tinha medo de usar o anel e perdê-lo para um ladrão ou por minha distração.

Nos dias que se seguiram, Bárbara não parava de olhar para minhas mãos. Os dias se tornaram semanas e Bárbara começou a me evitar, a afastar-se de mim de maneira nada sutil, como era de seu feitio. Aquela era uma idade péssima para se ficar sozinho, sem amigos no colégio, já que é no início da adolescência que começamos a nos ver como adultos. E, ao mesmo tempo, a carência da infância é ainda latente.

Quando a professora anunciou que havia "perdido" um anel com as mesmas características do que Bárbara me dera, não foi difícil ligar os pontos. Senti-me tão traída que cheguei a agradecer aos Céus por ela ter se afastado voluntariamente de mim. Tudo não passava de uma emboscada calculada por Bárbara com frieza para que eu fosse acusada de roubo e, quem sabe, expulsa da escola. Minha mãe dizia que a garota tinha inveja de mim por eu ter uma família "boa" (os pais de Bárbara eram divorciados e ela morava no subúrbio com a mãe) e excelentes notas. Minha mãe achava que todo mundo tinha inveja da gente, por algum motivo que nunca entendi, e por isso preferia não ter amigos e desconfiar sempre de qualquer pessoa. Aconselhava-me a ser como ela. "Só podemos contar com a nossa família", dizia, "são os únicos que querem nosso bem de verdade".

Numa tarde, ao fim das aulas, aguardei todos os alunos saírem e me dirigi à mesa vazia da professora. Espiando pela porta aberta para ver se não passava ninguém pelo corredor, deslizei o anel para dentro da pesada gaveta de madeira.

No dia seguinte, a professora encontraria seu precioso anel e tudo terminaria bem. Exceto que eu continuaria sem amigos. Mas isso já estava parando de me incomodar.

Durante o intervalo das aulas, depois da resolução do "caso do anel" em que a professora anunciara a toda a turma que havia encontrado o objeto perdido dentro da gaveta de sua própria mesa, eu lanchava sozinha perto da pista de atletismo quando uma sombra caiu sobre mim e meu lanche.

– Por que você fez isso? – disse uma voz genuinamente magoada.

Ergui o rosto e dei com Bárbara, os olhos inchados e ainda com resquícios de lágrimas.

Fitei-a, confusa.

– Te dei aquele anel e você nunca usou, e ainda o devolveu para a professora. Por que você me odeia tanto se eu sempre gostei de você?

Seu tom era tão sincero que me deu um aperto no peito. Mesmo utilizando-se de meios condenáveis, tudo o que ela quis desde o início foi demonstrar sua amizade. A criança dentro dela saltava aos olhos, a despeito do corpo grande e bem desenvolvido para a idade, tanto que eu mesma me senti um pouco velha por ter apontado malícia em sua atitude.

Com vergonha das lágrimas que voltavam a cair, ou apenas movida pela mágoa, Bárbara correu para longe de mim e nunca mais me dirigiu palavra. Nos anos que se seguiram, continuamos na mesma turma; eu arranjei novas amigas. Ela não. De vez em quando, saracoteava pelo pátio de braço dado com alguma menina nova de outra classe. Mas a suposta amizade não durava muito e Bárbara estava frequentemente sozinha. Ninguém a suportava por muito tempo, era necessária uma dose de paciência – e por que não dizer autoanulação? – que nenhuma delas demonstrava ter.

No meio do último ano do Primeiro Grau, a mãe de Bárbara resolveu tirá-la do colégio. Encontrei-a novamente por acaso, anos depois, quando nós duas tínhamos dezesseis anos, e demorei a reconhecê-la ao cruzar comigo na rua.

– Oi, Cecília! – ela sorriu um sorriso que não parecia fazer parte do rosto. Seus olhos tinham perdido completamente o brilho, e não havia resquício em suas feições da garota enérgica e temperamental que um dia fora. – Lembra de mim?

Estava feliz em revê-la, mas não sabia ao certo como reagir. Suas características físicas continuavam inalteradas, só um pouco mais amadurecidas devido à idade, contudo aquela já não era a mesma garota de anos antes.

Algo a havia mudado por completo, tirado-a do próprio corpo.

Bárbara me abraçou. E havia um desespero em seus braços que me arrepiou. Como se eu fosse o único porto seguro ao qual pudesse se atar, como se pedisse socorro. Não sabia por que tinha essa impressão, mas ela não me abandonou naquele momento, naquele breve contato. Ansiava por lhe perguntar alguma coisa, mas não sabia bem o quê. Depois que Bárbara me soltou, fiquei olhando para ela numa vã tentativa de instigá-la a falar qualquer coisa. Ela tagarelou sobre sua escola nova – agora estudava em um colégio particular – detalhando animadamente as piscinas e a quadra de esportes e comparando-as, segundo ela, à porcaria malcuidada que eram as dependências do antigo colégio.

Nos despedimos, saudosas, e seguimos nossos caminhos.

No ano seguinte, descobri que Bárbara não concluíra o Segundo Grau. Ela havia desaparecido alguns meses depois do nosso encontro, por causas desconhecidas, e imagino que a família a procure até hoje. Num passado não muito distante, também desejei desaparecer. Me pergunto se Bárbara tinha notado a falta de brilho nos *meus* olhos.

3

O sangue escorria pelas minhas pernas enquanto eu corria. Tinha começado enquanto voltava sozinha pra casa e, naquela hora, precisava ignorar a dor e correr. Me afastar da minha própria vida o mais rápido que podia. E como doía. Pior que isso, eu me sentia apodrecida por dentro, devia cheirar mal. Não que eu quisesse o feto que cresceria na minha barriga, mas as coisas não precisavam ter sido daquele jeito, não num lugar como aquele, com pessoas como aquelas. Não como uma criminosa. Eu não merecia ser tratada feito gado. Contudo, eu não possuía nenhum direito em relação a isso, não possuía nenhum direito em relação a nada. E, enquanto as pessoas me guiavam pelo braço em direção à minha desgraça, largavam-me sozinha para voltar para casa.

Pode parecer pueril, surreal, ridiculamente inocente... Mas jamais imaginei que pudesse engravidar por causa das coisas que eu e Vicente fazíamos. Minha mãe não conversava comigo sobre esses assuntos. Meu pai estava fora de questão. Minhas poucas amigas cochichavam algo de vez em quando, mas, aos meus ouvidos, soavam ainda mais ignorantes que eu. Ou sem interesse em dividir suas esparsas experiências com uma garota esquisita e bobona como eu. Não havia irmã mais velha, prima, tia... Alguém com quem pudesse conversar abertamente sobre isso, mesmo sem mencionar Vicente.

Durante minha corrida desesperada, alguém me interceptou. Uma travesti que vivia em um cortiço, num dos cantos mais obscuros do meu bairro de classe média metida a besta. Eu já a tinha visto algumas vezes, caminhando pela rua principal. Usava um vestido sempre colado, sempre estampado, que mal cobria o corpo maciço e moreno. Ela não era feminina, não da maneira exagerada que a maioria espera, nunca calçava saltos e sua pele exibia bem pouca maquiagem. Na primeira vez que a vi, quer dizer, na primeira vez que notei sua presença, eu tinha ido comprar pão francês para o lanche da tarde, quando avistei, da fachada da padaria, um velho segurando as calças correndo pela calçada. Atrás dele vinha a travesti, que acabara de chutar o velho nas nádegas. O braço dela sangrava por um corte não muito profundo, porém largo e curvo como um sorriso. Com certeza, o velhote era o causador daquilo.

Naquela hora, enquanto eu corria depois de sair da clínica, ela que me via sangrar.

Ela se ofereceu para me levar ao hospital. Ao notar a veemência com a qual neguei, logo entendeu o que se passava comigo. Levou-me até seu sobrado, não muito longe dali, e me fez deitar em sua cama. Hesitei. Me incomodava que meu sangue pudesse manchar sua colcha puída.

– Já lavei tanto sangue desses lençóis que você nem imagina – declarou ela, assim que suscitei minha preocupação.

Observei-a enquanto abria a geladeira torta e enferrujada e retirava uma bandeja de gelo. Estendeu um pano de prato sobre a superfície limitada da pia e desenformou os cubinhos de gelo ali. Não demorou a depositar a compressa fria sobre meu ventre.

– Deve diminuir a dor, enquanto preparo um negócio que vai cortar o sangramento.

Fechei os olhos e aguardei. Assustei-me ao me dar conta do quão confortável me sentia. Se minha família soubesse onde eu estava, entraria em pânico. A pessoa que se esforçava para aliviar meu sofrimento sequer seria considerada gente pelos meus pais. O frio se espalhava pelo meu abdômen, amaciando-me por dentro, deixando tudo dormente e morto. Morto era ótimo. Morto não doía.

Ela disse que era chá de cavalinha, ao qual havia acrescentado uma colher de mel para tornar o sabor mais agradável. Esse cuidado em específico me comoveu.

– Qual é o seu nome? – perguntei, depois de aceitar a caneca que ela me oferecia e agradecer.

– Isabela.

– Sou Cecília.

Isabela se sentou num banquinho de fórmica azul ao lado da cama, certificando-se de que eu bebia todo o líquido.

– Está se sentindo melhor?

– Um pouco. Obrigada.

– Pode descansar aí até ficar bem para ir embora, hoje tenho tempo.

Recolhendo a caneca vazia, levantou-se e a depositou na pia.

Adormeci em sua cama e, quando despertei, era quase noite. O sol não havia se posto por completo, mas o cortiço pouco arejado já se encontrava inteiramente imerso na escuridão. Para não me acordar, supus, Isabela não acendera a lâmpada sem lustre que pendia de seu teto, responsável pela iluminação de todo o ambiente. O único som que chegava aos meus ouvidos recém-despertos era o ruído baixo da televisão, um aparelho quase caindo aos pedaços, pousado sobre uma mesa de plástico que mal aguentava seu peso. Isabela assistia à novela sentada no mesmo banquinho ao lado da cama.

– Tenho que ir. Obrigada por tudo.

– Não foi nada – seus olhos vidrados se afastaram da tela por dois segundos.

Levantei e saí pela porta descascada. Enquanto descia as escadas que me levariam de volta ao mundo podre ao qual pertencia, os murmúrios da televisão de Isabela esvaiam-se dos meus ouvidos, até desaparecerem completamente.

Uma semana depois, decidi que deveria agradecê-la. Preparei um bolo de cenoura com cobertura de chocolate, o que eu fazia melhor, e fui até o sobrado de Isabela. Ela usava o mesmo vestido estampado de quando me socorrera e seus olhos estavam tão cansados e pesados quanto. A única diferença em sua aparência era seu cabelo, solto naquele dia. Ela nunca sorria, mas sua fisionomia pareceu contente em me ver. Subi as escadas escuras e estreitas logo atrás dela. Seu quadril se balançava à minha frente e eu me senti infinitamente infantil no meu uniforme de colégio. Ao entrar, pus o bolo sobre a mesinha na qual ela fazia as refeições, quase sempre sozinha. Não falávamos. Ela acendeu um cigarro, recostada à mesa, as cinzas perigando cair sobre a cobertura de chocolate que eu tinha preparado com tanto esmero. *Tanto faz, o bolo é dela* – pensei.

– Vou fazer um café.

– Não precisa ter trabalho. Já vou.

– Se fosse trabalho eu não faria.

Depois de tomarmos o café coado por ela e comermos o bolo feito por mim, tudo isso em silêncio, Isabela caminhou até a janela do sobrado e pegou um cigarro do maço sobre o batente. Observei seus dedos de unhas pintadas riscarem um fósforo.

– Você foi lá porque quis, Cecília? Ou te obrigaram?

Queria dizer que, por mais que minha mãe tivesse me forçado a ir à clínica clandestina, eu teria ido mesmo sem sua interferência. Mas não sabia se era certo falar uma coisa dessas.

– Eu tinha que ir – respondi apenas.

– Não foi o que eu perguntei.

– O filho era do meu irmão.

Não sabia por que tinha dito aquilo a uma desconhecida. Talvez por isso mesmo. Aquela mulher, além de não ter nada a ver com a minha vida, parecia fazer parte de outro universo que jamais cruzaria com o meu, o de Vicente, o da minha família. Entretanto, eu estivera deitada na cama dela e tomara seu chá de cavalinha.

Isabela fumava tranquilamente na janela. Minha declaração não alterou em nada seu semblante.

– Aprendi uma coisa com a vida, Cecília. Você nunca deve deixar um homem te fazer sangrar. Mas, se ele conseguir, faça ele sangrar também.

4

Quando entrei no quarto, encontrei Enrique, o vampiro, e Ji Yong, o *dokkaebi*, deitados vestidos na minha cama.

– Oi, Cecília – cumprimentou Ji Yong, com seu sorriso bonito e irritante. – Estávamos conversando sobre Nathan.

Me perguntei o que eles tinham para falar dele.

– Ainda bem que estavam só conversando. Aí na minha cama.

Ji Yong gargalhou. Enrique pareceu preocupado.

– Você quer deitar? – perguntou.

– "Você nunca deve deixar um homem te fazer sangrar. Mas, se ele conseguir, faça ele sangrar também". O que vocês acham disso?

Percebi que, enquanto Enrique se deleitava à simples menção de sangue, os olhos sempre relaxados de Ji Yong se agitaram, como que puxados por um fio de tensão.

– Sou sempre a favor de sangue, não importa muito a situação – Enrique declarou o óbvio. – Mas de quem você está falando? Nathan ou Vicente?

– Dos dois. De vocês aí também – a raiva preencheu meu rosto.

Com exceção da lâmpada do quarto acesa, o apartamento jazia às escuras.

Tateei pelas paredes até chegar à cozinha. Encontrei o que desejava: as pequenas fadas que sobrevoavam o cesto de frutas sobre a mesa. As únicas fontes de luz disponíveis no ambiente. Será que elas ainda queimariam minhas mãos se tentasse tocá-las? Será que minha ferida não sararia? Não tive ânimo para arriscar, estava cansada demais.

O rosto de Nathan enquanto beijava o rapaz, um rosto completamente alheio à minha existência, era-me tão doloroso quanto belo. Nathan sempre seria belo aos meus olhos. Meu rosto, que a luz das fadas me permitia ver refletido e fantasmagórico num copo esquecido sobre a mesa, era belo. O que eu enxergava quando olhava aquele rosto era eu e também não era. Ah, se tudo não tivesse parado..., pensei. Se o meu tempo nunca se houvesse feito infinito... que feições mostrariam esse reflexo? Estariam as dores marcadas na minha expressão? Ofuscariam meus olhos as mesmas mágoas que os ofuscam agora?

Bastaria que eu tivesse continuado.

Bastaria que eu continuasse, por mais cansada que estivesse.

Sem que me desse conta, uma das fadas pousou seu corpinho luzidio sobre minha mão. Não queimava. Aquecia-me apenas uma leve chama, que se iniciava em meu braço direito e se estendia pelo mundo inteiro.

Acordei com o som da minha campainha. Uma, duas, três, inúmeras vezes para interromper meu sono profundo. Cambaleei até a porta, sem me preocupar em trocar a camisola leve que vestia. Olhei pelo olho mágico e vi Nathan – quem mais seria? – ainda trajado como na noite anterior. Seus olhos estavam borrados e sua boca desbotada. Por um segundo, hesitei em abrir a porta. Contudo, se não o fizesse, ele provavelmente tocaria minha campainha à exaustão.

Destranquei a porta e a abri.

– Graças à deusa! – exclamou, aliviado. – Ceci, você quase me matou do coração.

– Qual é mesmo o nome daquela sua amiga? – perguntei, com inevitável frieza. – A do cabelo vermelho.

– A Valéria? – Nathan parecia confuso. – O que tem ela?

– Só queria saber. Quero fazer um bolo para ela, como agradecimento. Se não fosse por ela, nem sei como teria chegado em casa ontem.

– Um bolo? – riu.

Me arrependi de mencionar o bolo. Por causa desse detalhe, ele me olhou como se eu fosse uma criança mentalmente perturbada, digna de pena, de comentários autocensurados e de risadas reprimidas.

Larguei a porta aberta e voltei para dentro, para a cozinha. Ouvi o barulho da fechadura e dos passos de Nathan.

– Por que você não me esperou? – estava parado no portal da

cozinha. Reparei em seu rosto exaurido e nas pequenas marcas roxas em seu pescoço. Ele fungava como se tivesse pego um resfriado.

– Seus pais... – comecei, enquanto remexia os armários da cozinha em busca da batedeira. – O que eles acham desse seu comportamento? Virando noites, bebendo, se drogando. Se fossem *meus* pais, eu já teria sido expulsa de casa, isso depois de algumas surras bem-dadas.

– Cecília, do que você tá falando? Você só pode estar de brincadeira.

Eu tinha noção dos absurdos que dizia. Mas, às vezes, alguns absurdos não nos incomodam tanto quanto deveriam. Estava cansada, com sono, com fome. Todas as dores despertas ao voltar a existir atingiam o ápice naquela manhã quase tarde. Queria que Nathan sumisse. E também que ficasse comigo até que o mundo acabasse.

Ele me olhava com aquele olhar sem camadas, tingido por uma raiva superficial. Tudo em Nathan era superficial, tanto que ele quase me parecia bidimensional, rabiscado numa folha de papel. Uma folha que eu desejava rasgar em mil pedacinhos.

– E se eu *estivesse* de brincadeira? – desafiei-o, visando atacar sua frivolidade. – Você riria e ficaria tudo bem?

Tudo que queria era bater nele com minhas palavras até nocauteá-lo, para depois limpar o sangue de suas feridas com minha camisola.

– Você é exatamente como o Vicente. Não há nada passando pela sua mente, seu coração é um rio raso, quase seco. Mas é pior que seco, porque me deixa ver meu reflexo na superfície.

– Se sou igual ao Vicente, então sou seu espelho, não é mesmo? Não é assim que você diz?

Aquelas palavras não me afetaram do jeito que ele pensou que o fariam.

Pelo nível de imaturidade daquela discussão, seria preferível interrompê-la de maneira banal e corriqueira.

– Vá comprar os ingredientes para o bolo.

Fiquei na ponta dos pés e estiquei o braço para alcançar o caderninho sobre a geladeira, no qual minha mãe antigamente costumava anotar listas de compras. Havia um lápis apontado a canivete enfiado no espiral de arame. Rabisquei na folha pautada tudo que seria necessário para pôr em prática a receita do meu esquecido bolo de cenoura com cobertura de chocolate.

E ele foi, sem discutir, ao mercadinho do outro lado da praça.

Quando fiquei sozinha, um medo terrível me acometeu, o de que ele não voltasse mais. Minha memória foi levada à minha separação de Vicente. A que nos colocara em tempos distintos. A que perdurava.

No começo, a falta que ele fazia me abria um rombo no peito.

Contudo, à medida que os primeiros meses se tornavam anos, a mera certeza de que ele habitava ainda o mesmo mundo que eu me consolava. Não falo sobre vida e morte. O que quero dizer é muito mais abstrato e, por estranho que pareça, mais palpável. É a sensação de que ele preenche *algum lugar* neste mundo que não é o meu, que sua linha se desembrenhou da minha e corre paralela ao meu caminho. Comecei a me acostumar com o fato de que jamais voltaria a vê-lo ou tê-lo nos meus braços, mas sua mera presença *na outra ponta da realidade* era o suficiente para apaziguar a angústia causada pela saudade.

Nathan não demorou.

Quando chegou, largou as compras no chão da sala e me pegou tentando limpar o balcão da cozinha com uma esponja que quase se desfazia na minha mão de tão velha. Ele me abraçou por trás e segurou meus punhos, deixei a esponja escorregar para o chão. Seu toque suave contrastava com a aspereza das mãos. Ele beijou minha orelha e meu corpo cedeu um pouco contra o seu. Nathan me beijou tanto que eu pensei que não fosse mais parar. Mas ele parou. Apenas para me conduzir à minha cama.

Soltou as alças da minha camisola e a correu pelo meu corpo, pelas minhas pernas e pés, até que fosse parar no chão. Enquanto ele chupava meus seios, notei sua respiração tão ofegante quanto a minha, dando a sensação que teria um orgasmo a qualquer minuto. Eu sequer o tocava. Mas sua boca irrompia pela minha barriga e saltava para o meio das minhas pernas. Queria gritar de prazer. E o fiz. A tarde estava quente, e clara, dava para ver tão bem sua maquiagem borrada que a mera visão daquele rosto manchado e maldormido seria o suficiente para me levar ao êxtase. Nathan me sugava como se me puxasse para dentro dele. Eu me agarrava à cama, ao meu próprio cabelo, ao meu decoro desbotado. O ar me faltava, mas a asfixia forjada triplicava meu prazer. Ele não pararia sem que eu sucumbisse. Uma, duas, três vezes, até que despontassem lágrimas de prazer nos meus olhos. Sabendo que ele não tinha intenção de terminar, pressionei sua cabeça contra meu sexo, pretendendo sufocá-lo se fosse necessário, até que ele me levasse ao quarto orgasmo. Ele só me soltou quando a ponta da sua língua me causava espasmos pelo corpo inteiro ao mero roçar no meu clitóris.

Clitóris. Eis uma palavra que demorei muito tempo para aprender, muito mais que deveria, considerando que consiste em uma parte do *meu* corpo.

Eis a melhor palavra que já existiu.

Pelo menos ali, naquele momento.

Quando se deu por satisfeito, Nathan se deitou ao meu lado, ainda inteiramente vestido e me beijou a boca. Seus lábios se esfregaram nos meus, o meu próprio gosto misturado ao sabor da sua língua. Ele sorriu pra mim. E quando alguém sorri assim, entre beijos e com o rosto quase colado ao seu, não há como não se sentir feliz.

Nathan acariciou minha testa, livrando-a de cabelos e suor, até que minha respiração voltasse ao normal. Aconcheguei-me nua em seus braços. O tecido de suas roupas era o cobertor perfeito.

– Você não ia fazer um bolo? – perguntou, o lábio inferior colado à curvinha mais alta da minha orelha.

– Não quer fazer no meu lugar?

– O agradecimento é seu ou não é?

– Sim, tem razão. Vou lá – mas não fiz menção de me levantar.

– Mas posso te ajudar – ele não afrouxou os braços que envolviam meu corpo.

Adormecemos enquanto eu repassava na cabeça uma receita que não punha em prática há um longo tempo.

O bolo esfriava sobre a bancada da cozinha e eu revirava todas as gavetas do apartamento com o auxílio de Nathan, em busca de uma antiga caderneta de poupança. Meus pais a tinham feito em meu nome, de maneira que eu pudesse ter uma pequena fonte de renda durante meu hipotético ensino superior (o que nunca ocorreu). Mas o dinheiro ainda deveria estar lá. O que aconteceu com nossa família lançou uma camada de obscuridade sobre detalhes irrelevantes tais como minha caderneta de poupança.

Nathan insistia que dinheiro não seria problema.

Mas se havia algo que eu não suportava era depender dele o tempo todo.

Quando, por fim, conseguimos encontrar o documento, pedi a ele que me levasse ao banco para que pudesse recuperar o dinheiro.

– Ah, claro que eles vão acreditar que você tem 52 anos. Como não?

Dei-me conta da minha estupidez.

– E se eu falar que encontrei essa caderneta na casa de uma tia falecida?

– Além de exigirem o seu documento, devem pedir também a certidão de óbito dessa tia e, quem sabe, até um testamento.

– Deve ter um jeito – estava determinada a encontrar uma solução.

– É uma ideia idiota, já disse.

– Não gosto que você fale assim. Você sabe disso.

– Desculpa – de repente, seu rosto se iluminou. – Tenho um primo que trabalha nesse banco! Deixa a caderneta comigo que eu vejo se ele pode nos ajudar.

Aquela súbita ideia, a existência providencial do primo, é claro que se tratava de uma mentira deslavada. Olhei-o, desconfiada. Suas intenções se mostravam desfocadas aos meus olhos. Temia que Nathan sequer fosse ao banco tentar sacar o valor acumulado na poupança e, sabe-se lá como, arrumasse ele mesmo alguma quantia para me dar.

– Posso ir com você? – perguntei, sabendo qual seria a resposta.

– Não precisa.

– Mas eu quero.

– Tenho que ficar à vontade para conversar com meu primo.

– Você vai pedir que ele faça algo ilegal?

– Claro que não! Que absurdo.

Sabia que ele estava mentindo. Mas Nathan, cabeça-dura, não abriria mão de suas obscuras intenções. Que alternativa eu tinha? Entreguei a ele o livreto de capa plastificada e folhas amareladas.

Desconhecia a situação financeira da família dele, embora o apartamento onde vivia com a mãe sugerisse que não possuíam grande renda. Se Nathan pretendia me dar dinheiro com a desculpa de tê-lo retirado da poupança, de onde viria ele? Arrependi-me de imediato daquela ideia.

5

Dois dias depois, Nathan retornou com o suposto dinheiro da minha caderneta de poupança. Foi nesse mesmo dia que recebi a mensagem de Valéria. Ela a tinha enviado para o aparelho que Nathan deixara comigo assim que nos conhecemos, certamente ele havia lhe dado aquele número como contato meu. Lógico que eu não tinha levado o bolo pessoalmente, seria estranho surgir na casa de uma pessoa que encontrara poucas vezes em festas e com a qual trocara menos de uma dúzia de palavras, com um prato de doce a tiracolo. Pedi que Nathan levasse meu "presente de agradecimento" para a amiga em meu lugar. Mesmo com esse cuidado, não deixava de ser uma atitude esquisita, sujeita a uma torcida de nariz por parte da garota. Foi uma ideia esdrúxula, admito, mas já estava feito. Tinha encasquetado com aquilo devido às lembranças de Isabela, a mulher que me ajudou tantos anos antes.

Contudo, Valéria me enviou uma mensagem de agradecimento.

E, além disso, convidava-me para beber alguma coisa naquela mesma noite.

Não tinha por que negar. Certo que não nutria simpatia por ela antes do episódio do táxi, mas isso se devia ao simples fato de sentir ciúmes de sua relação com Nathan. E também à sua total falta de esforços para interagir comigo. Talvez ela também estivesse enciumada. Seu melhor amigo tinha aparecido, do nada, com uma outra menina com a qual passava boa parte de seu tempo. Ela deve ter se sentido um tanto abandonada.

Escolhi uma roupa minha para sair. Não sei bem explicar, mas havia uma forte sensação de *ser eu mesma* alinhavada ao meu espírito naquele dia. Um vestido vermelho, uma das poucas peças de cor forte que possuía. Calcei meus coturnos e saí para me encontrar com Valéria, num bar nas imediações da praça. Havia muitos restaurantes e bares naquela região, uma área que quase podia ser chamada de agitada para um bairro tão sem graça quanto o meu.

No meio do caminho, resolvi parar em uma perfumaria e comprar um batom. Vermelho, quase no tom do meu vestido. Bem mais claro que aqueles que Nathan costumava me emprestar.

Valéria me esperava sentada a uma mesa na parte externa do bar. Um chope meio bebido repousava sobre a mesa dobrável de madeira. Havia um cigarro entre seus dedos relaxados. Os cabelos, chamativos e desgrenhados. Ela se vestia da mesma forma que nas festas, porém com menos exagero e quase nenhuma maquiagem.

– Oi. Senta aí.

Ela não se levantou para me cumprimentar, mas esboçou um sorriso.

Sentei na cadeira à sua frente.

– Desculpa, me atrasei – não devia estar nem cinco minutos além do horário combinado, não sabia por que me justificava.

– Eu que cheguei antes. Faço cursinho aqui perto e, como a aula hoje terminou um pouco mais cedo, vim direto pra cá.

– Que curso você faz?

– Um preparatório para concurso público.

Imaginar Valéria sentada a uma mesa de repartição pública era impossível. Talvez nem ela mesma fosse capaz de tal façanha. Enquanto a observava beber seu chope com lentidão e movimentos cansados, me perguntava se ela estava consciente daquela escolha.

– Ninguém sonha em fazer concurso – Valéria provavelmente tinha pensado que eu a estava julgando. – As pessoas sonham em *passar*, não na profissão em si. Não é uma vocação ou um objetivo de vida. Se você perguntar a uma criança o que ela quer ser quando crescer, nunca vai ouvir "funcionário público" como resposta. Mas então as pessoas crescem, viram adultos, perdem a vida e ficam seduzidas por essa ideia de "estabilidade". Vira uma palavra mágica. Como se estabilidade fosse uma coisa boa.

Queria perguntar por que, então, ela estava se preparando para aquilo. Mas temi parecer rude.

– Você acha que estabilidade é uma coisa boa? – a segurança, sempre presente em sua voz, chacoalhou ao fazer a pergunta.

Queria dizer a ela que não possuía parâmetros para respondê-la. Jamais havia me confrontado com escolhas como aquela. Sonhos, carreira, objetivos, estabilidade – eram todos conceitos que se organizavam como as células de um órgão independente, externo, estranho ao meu corpo. Estava tudo lá, eu sabia que existia, era físico, biológico... mas não fazia parte de mim. Contudo, se *estabilidade* significava ter uma rotina e estar presa a ela, sem vontade ou possibilidade de alterá-la, minha experiência me dizia que seria qualquer coisa menos algo bom. De qualquer forma, também não podia dizer *isso* a ela.

– Nunca foi o que quis pra mim – continuou Valéria. – Mas, na verdade, agora não quero nada pra mim. Então tanto faz se vai ser isso ou vender mate na praia. Quer dizer, só prefiro isso porque detesto sol. E meus pais querem, eles pagam o curso, pagam as inscrições nos concursos.

Valéria pediu mais um chope e acendeu mais um cigarro.

– Você não vai beber nada?

– Vou...

– Dois chopes! – gritou ao garçom, o braço erguido para se fazer notar pelo homem que dava meia volta.

– Pode me dar um cigarro?

Mesmo com Nathan acendendo um cigarro no outro ao meu lado, jamais havia fumado. Contentava-me observar a fumaça que escapava pelos lábios dele e se espalhava perante meus olhos configurando uma atmosfera de sonho.

Valéria me estendeu o isqueiro e me esforcei para não engolir fumaça e tossir. Foi mais fácil que pensei. Suave, como se estivesse acostumada. Mantinha o cigarro entre os dedos com propriedade, talvez com a mesma segurança com que um tolo ostenta uma crença vazia para se sentir superior.

– Por que você não quer nada? – retomei a conversa de maneira abrupta. Valéria franziu as sobrancelhas por um segundo, mas depois compreendeu.

– E por que eu ia querer?

Não saberia como responder também aquela pergunta.

– E o Nathan, o que ele quer?

Valéria sorriu de canto de boca, como se esperasse que a conversa fosse desembocar em Nathan.

– Aparentemente, ficar grudado em você. Até o namorado dele reclamou.

– Namorado?

– Eles tinham dado um tempo, mas voltaram por esses dias. Ele não te contou?

– Não.

Valéria não pareceu nem um pouco desconcertada.

Eu estava desfeita.

Não só por Nathan ter omitido o relacionamento, mas, principalmente, pelo fato de *haver* um relacionamento.

– Vocês estavam ficando? – inquiriu.

– Não... Não, acho que não.

– Como “acha” que não?

– Eu não sei.

– Vocês transaram? Ou se beijaram? – Valéria sorriu de modo complacente, como se perguntasse a uma criança como ela havia ralado o joelho.

– Acho que sim.

– Acha?

– Sim.

Queria contar a ela o que acontecera comigo e me tornara a aberração que um dia Nathan encontrou num dos prédios do outro lado da praça. O pacto que tinha feito com meu irmão, que era também meu amante, o pacto que havia descumprido. Queria narrar-lhe os fatos da minha adolescência e início da juventude, como havia contado para Nathan, mas percebi que estava tudo desorganizado dentro de mim. Então, dei-me conta que, mesmo enquanto expunha minha história para Nathan, os elementos do meu passado tinham permanecido confusos e desrespeitosos à ordem cronológica. Quando o tempo parou no “infinito no meio”, a linha que cosia os retalhos da minha vida e os mantinha do lugar arrebentou, e eles ficaram todos soltos, espalhados pelo amplo espaço da minha existência.

– Preciso ir – desenrolei algumas notas que tinha guardado dentro do sutiã e as depositei sobre a mesa.

Valéria não me questionou. Não olhei seu rosto a fim de saber se ela se demonstrava confusa pela minha partida brusca. Apenas virei as costas e caminhei em direção à praça.

6

Era madrugada, ao fim do dia do meu aniversário, mas não consigo lembrar qual. Quinze? Dezoito? Vinte? Deve ter sido antes dos vinte, pois meu pai ainda morava em casa. Após o incidente da gravidez, minha mãe criou o hábito de trancar por fora a porta do meu quarto e manter consigo a chave durante a noite, libertando-me pela manhã apenas quando Vicente já havia saído para o colégio e, um tempo depois, para o quartel.

Eu me perguntava se ela também passava a chave na fechadura do quarto do meu irmão.

Obviamente, jamais nos deixava sozinhos em casa. Porém, como nenhum dos dois tinha ainda atingido a independência financeira, não havia outro jeito além de continuarmos vivendo sob o mesmo teto. Meu olhar mal cruzava com o de Vicente enquanto estávamos em casa e, mesmo tendo sugerido a ele que nos encontrássemos em outros locais, ele não parecia disposto a contrariar os esforços de nossa mãe para nos manter afastados.

Eu definhava a cada dia.

Perguntava-me quando meu irmão apareceria em casa com uma namorada. Uma noiva. Quando minha mãe me obrigaria a visitar uma costureira para tirar as medidas do meu vestido de madrinha. Quando estava para me formar no Curso Normal, arrumei um estágio em uma turma de Jardim de Infância do mesmo colégio que frequentava. Não durou nem dois meses. Minha mente vagava o tempo todo e não era incomum alguma criança largar minha mão e sair correndo pela sala de aula causando um escarcéu, ou pior, acabar quebrando alguma parte do corpo. Não que meus pensamentos vivessem em Vicente. Não era bem isso. Eu me sentia aérea, como no meio de um sonho, e chegava a temer que quem olhasse em minha direção enxergasse meu corpo translúcido e pudesse ver através de mim. Como se minha experiência houvesse devorado parte da minha massa corporal e usado-a para nutrir uma pequena população de mágoas que zanzavam ao redor da minha cabeça feito moscas.

Naquela madrugada depois do meu aniversário, ouvi a chave girar na fechadura da porta. O som invadiu meu sonho como se dele fizesse parte e, por um bom tempo, pensei que integrasse a diegese do meu subconsciente. Dentro do sonho, eu estava na pista de atletismo do meu antigo colégio, com meu uniforme de gala de normalista – camisa branca de mangas compridas, dividida ao no meio pelo cinto fino azul-marinho e abotoada até o pescoço arrematado com a gravatinha borboleta, além da usual saia pregueada e das meias três-quartos –, parada no meio de um dos bancos de areia. Aqueles bancos existiam de verdade, dois ou três no centro da pista, não lembro bem sua localização exata. Mas, no sonho, eles estavam no lugar certo. Poderiam ter sido usados, numa época longínqua, para prática de salto em distância. Durante meus dias de estudante, porém, não passavam de um espaço recreativo para os alunos do Primário, que brincavam de cavar com suas pás de plástico e enterrar os bonecos e bichos de pelúcia uns dos outros. Eu não conseguia ver meus pés calçados nos sapatos boneca, estava imersa na areia até quase as panturrilhas. À minha frente, as costas de uma criança que corria. Mesmo com as pernas imobilizadas e sabendo que eu era a responsável pela criança, nenhuma preocupação me acometeu. Ela apenas corria, o máximo que poderia acontecer era cair e ralar o joelho. De onde eu estava, não dava para ver se era menino ou menina. Tinha a impressão que, mesmo que me aproximasse, ainda seria impossível distinguir o gênero do serzinho que se afastava cada vez mais de mim. De repente, o muro que contornava a pista de atletismo bem como o portão externo que protegia o terreno descomunal do Instituto não estavam mais lá, apenas a larga rua na qual desembocava a entrada principal do colégio. A criança não parava de correr. O desespero subiu pelos meus tornozelos enterrados na areia fria. Um ônibus acabara de virar a esquina enquanto o serzinho ia longe, varando a calçada e atingindo o meio-fio, mas tudo o que fiz foi berrar para que parasse de correr, para que voltasse. Em nenhum momento tentei mover minhas pernas. Talvez não tivesse sido difícil me desvencilhar da areia e alcançar a criatura de passos muito menores e mais lentos que os meus. Na calçada do outro lado da rua, postava-se a figura da minha mãe. Trajava o vestido estampado que sempre usava para me buscar na escola, na verdade eram vários vestidos com a mesma modelagem, mas quando eu era pequena demorei a entender isso. Seu olhar, tomado de aflição e impaciência, fixava-se na criança que corria. Contudo, era meu nome que sua boca gritava. Tentei me justificar, aos berros, dizendo-lhe que não era culpa minha, que eu estava presa, que o muro e a grade deveriam estar lá. Mas ela não me ouvia. Todo seu ser focava na criaturinha, agora não mais que uma pequena sombra, que corria. Só fui capaz de compreender a situação quando o ônibus acertou em cheio a pequena Cecília. O corpo diminuto voou sobre o asfalto. Minha mãe parecia esmurrar uma porta invisível, o rosto deformado pelo choro e pela impotência. Foi quando ouvi o barulho da fechadura. Como ainda estava imersa no sonho, pareceu que o ruído metálico se prolongou por muito mais tempo que na realidade, mas não demorou a puxar minha consciência de volta ao meu quarto escuro no meio da madrugada.

Era Vicente.

A sonolência se dissipou do meu peito no momento em que a breve claridade advinda de algum poste na rua refletiu nos cabelos de meu irmão e me permitiu ver uma fagulha arruivada. Meu coração pulou para a boca. Há meses não nos tocávamos. Eu vestia um *baby doll* cafona, um dos que recebia da minha avó materna todos os anos no Natal, de malha de viscose rosa bebê, e tinha esperança que a escuridão me tornasse um pouco mais bela e sedutora aos olhos de Vicente.

Esperei que ele se aproximasse da minha cama.

Mas seus passos estavam lentos demais. Não deveria ser apenas uma impressão causada pela minha ansiedade, Vicente não se movia como em seu estado normal. Chamei seu nome, baixinho, na esperança que uma resposta sua me tranquilizasse. Seu corpo desabou sobre o meu na cama, atravessando horizontalmente meu corpo, de forma que sua barriga tocasse a minha e seu rosto ficasse pendurado para o lado de fora do móvel.

– Vicente – repeti, sacudindo-o.

O peso que ele exercia era sobre-humano. Por um abjeto segundo, pensei que estivesse morto. Minha suspeita se afastou quando o ouvi balbuciar um conjunto de vogais que se assemelhavam ao meu nome, a boca mole, a língua enrolada. Ele estava dopado.

– Você tá bem? Vou acordar o papai pra te levar no pronto-socorro.

– Não! – ele gritou, firme como se estivesse em condições mentais normais.

Chamar meu pai àquela hora da madrugada implicaria em despertar também minha mãe, que tomaria ciência da presença de Vicente no meu quarto. Não era a primeira vez que o via daquele jeito. Mesmo que em raras ocasiões abusasse da medicação que tomava com regularidade, Vicente tinha seus episódios de perder as estribeiras. Jamais soube os motivos que o levavam àquele extremo, nem se o efeito era obtido através do exagero no número de comprimidos ou de sua ingestão acompanhada de álcool. Ou ambos. Ou qualquer outra droga. Quando isso acontecia, eu sabia controlá-lo. A dose em excesso jamais o havia levado ao hospital, tampouco resultado em nada além de algumas alucinações, delírios e sono prolongado.

Antes que tomasse uma decisão, senti seu corpo se arrastar sobre o meu. Ele rastejou pelo colchão e seu tronco desenhou um ângulo de noventa graus, tendo nossas barrigas coladas como base. Logo seu nariz estava junto ao meu, mas as trevas do quarto não me permitiam enxergar seus olhos, dois buracos negros encovados. Seu hálito tinha cheiro de química. Aquilo me excitou de uma maneira que eu não esperava. Lembrava corredor de hospital, lembrava a clínica improvisada que quase me matara. Ele estava vivo, bem vivo, não estava? Ele não sangrou como eu. Mas agora, sobre meu corpo, podia estar agonizando. Se ele morresse dentro de mim, tudo estaria perdoado. Enfiei a mão por dentro da sua calça de moletom e tentei a todo custo despertar seu membro mole, o que não surtiu qualquer efeito. Minha raiva foi tanta que o apertei, com vontade de arrancá-lo. Nem dor Vicente era capaz de sentir naquele estado. Esperneei violentamente, chutando-o para fora da minha cama, sem me preocupar com o barulho causado pelo baque do seu corpo no chão. A força advinda dos meus socos e pontapés me surpreendeu, soube que era fruto da minha raiva e que somente apareceria em momentos de ódio extremo como aquele e, além disso, tiraria proveito da nítida desvantagem física entre nós naquela hora.

De pé num salto, pus-me a arrastar o corpo desacordado de Vicente para fora do quarto, puxando-o pelos braços. Torci para que meus pais não acordassem no meio da minha contenda. Respirei aliviada ao largá-lo no corredor – não foi necessário movê-lo muito para afastá-lo da soleira –, os membros retorcidos e tronchos, e corri de volta para o meu quarto. Antes de fechar a porta e me enfiar na cama, tive o cuidado de retirar a chave abandonada na fechadura do lado de fora e encaixá-la entre os dedos de Vicente.

7

Despi o vestido vermelho e me deitei nua na cama. Não a antiga cama de Vicente que tomei para mim, mas aquela que foi minha própria cama durante a adolescência. Estar ali, sobre aquela mesma colcha de estampa florida ainda com perfume de amaciante, parecia mais surreal que todo o sobrenatural que me cercava. Talvez, se fechasse os olhos e adormecesse, pudesse salvar a pequena Cecília de ser atropelada pelo ônibus dentro do sonho. Mas meu corpo estava desperto demais.

Uma borboleta azul pousou no meu ventre.

Ergui o pescoço já sabendo quem encontraria.

Ela estava sentada na cadeira de madeira maciça perto da escrivaninha. Uma das criaturas mais belas que habitavam o "infinito no meio". Suas tranças negras caíam pelo colo quase tão escuro quanto seus cabelos, derramando-se sobre as coxas fortes cobertas pelo vestido longo e colorido. Seus olhos, de cílios muito curvos, eram amendoados e grandes, de um castanho tão vivo que parecia saído de uma pintura impressionista. Ao redor de sua cabeça, pousadas em seus ombros, sobre suas mãos relaxadas – havia dezenas de borboletas azuis.

– Nironga – sussurrei seu nome, porque gostava da sonoridade dele e também para demonstrar reconhecimento. Ela não aparecia ali há tanto tempo que nem sabia se ainda se lembrava de mim.

– Cecília – ela respondeu. E havia um rastro de sorriso em suas palavras, por mais que não mostrasse os dentes.

Nironga nascera nas terras que hoje chamamos de Angola, e era a moça que havia transformado toda a sua aldeia em borboletas quando, na ocasião de uma guerra, esta saíra derrotada. Foi assim que seu povo conseguiu escapar da escravidão à qual seria submetido por terem sido vencidos. Além disso, a nuvem de borboletas acabou com a plantação dos inimigos e cercou sua cidade. Ao comando de Nironga, essas mesmas borboletas haviam se transformado em soldados, os quais imediatamente fizeram os oponentes recuarem.

Nironga, além de detentora de magia e beleza sobrenatural, era também general.

Eu jamais seria como ela.

Mas suas borboletas aparentemente gostavam de mim. Vieram, uma a uma, pousar sobre meu corpo nu. Meus ombros, meu ventre, meus membros não tardaram a ser tomados pelos encantadores insetos de asas azuis.

A pele acetinada de Nironga brilhava à luz artificial do meu quarto.

Logo ela estava junto de mim na cama.

Toquei seu rosto e esperei que as borboletas se assustassem com meu movimento, mas elas permaneceram imóveis, como que coladas à minha pele.

– Nunca me senti tão sozinha – falei, num fio de voz.

– Nós somos sozinhas, Cecília – respondeu Nironga, suas longuíssimas tranças pendendo junto aos seios, enquanto ela se inclinava para mais perto de mim.

– Você também?

– Você achou que eu não seria?

De tão bela – as feições ao mesmo tempo imponentes e compreensivas – quis beijá-la. Quis que me tomasse como esposa.

Você seria capaz de me amar?, tive vontade de perguntar a ela.

– Quando vencemos a batalha é quando nos sentimos mais sozinhas – explicou Nironga. – Os inimigos mortos, seu povo salvo, seus soldados triunfantes. Todos festejam, aliviados, contentes por terem sua integridade e sua liberdade asseguradas. Enquanto isso, o general só consegue se perguntar até quando a paz vai durar, sozinho num quarto silencioso como este. Ouve de longe os sons das festas, as canções de comemoração, mas estes são como espectros criados por suas visões perturbadoras da guerra. A vida lá fora parece, aos nossos olhos e nossos ouvidos, fantasmagórica. Ilusória. Nós vemos a guerra mais vívida com nossos olhos porque sabemos que a sobrevivência de todos depende de nós. E, principalmente, que a nossa sobrevivência depende de todos.

– Não sou general...

– Mas você também vive uma guerra, Cecília. Dentro de você, existem exércitos.

– E como se vence?

– Alguns vencem com força. Outros com estratégia. Eu venci com mágica.

– Com mágica, sim. Mas também com força e estratégia.

Nironga sorriu e sua expressão, sempre tão íntegra e capaz, lembrou-me a de uma criança envergonhada.

Me perguntei se possuía alguma daquelas três coisas dentro de mim. Desejei que as borboletas fizessem parte do meu corpo, que me tornassem uma delas ou que, pelo menos, me levassem para outro campo de batalha bem distante do meu.

Se eu fosse uma borboleta...

Poderia ludibriar meu inimigo e destruir suas plantações. Poderia surpreendê-lo e tomar seu território de assalto. O inimigo não consistia em uma aldeia vizinha ou um povo rival, ele se resumia a uma vozinha dentro da minha cabeça. Uma vozinha que adquiria diversas formas e agora se apresentava travestida de ciúme, ecoando insuficiência.

De repente, as tranças de Nironga se fecharam feito uma cortina ao redor do meu rosto. Quando ela me beijou, porém, não eram seus lábios perfeitos que tocavam os meus. Eram os de Nathan. Mas eu sabia que ele não estava ali de verdade, que Nathan havia também criado um fantasma, um duplo que habitava o "infinito no meio", igual às demais criaturas que me aterrorizavam e me protegiam. Ou simplesmente lá existiam sem guardar comigo relação alguma. Os lábios de Nathan sugaram os meus com tal violência que descolaram a pele fina da minha boca. O sangue dos meus lábios sem pele me escorreu pelo queixo. Mais uma vez, meu sangue era tirado de mim. Mais uma fez, num ciclo que se repetia até provocar vertigem. Enquanto sofria pela boca destruída, a unha de seu dedo indicador riscou meu pescoço e partiu minha traqueia, separando-a como as duas margens rasgadas do Mar Vermelho. Logo era meu tórax que se quebrava ao meio. As mãos de Nathan tingidas de sangue até os punhos. Sua franja longa e a cabeça inclinada para a frente me impediam de ver seus olhos. Então ele despedaçou meu ventre. Quando pensei que não suportaria a dor, a calmaria inundou minhas veias como um anestésico. Tudo ficaria bem. Mesmo que eu estivesse despedaçada. Seus dedos brincaram com minhas entranhas, primeiro despropositadamente. Depois, comecei a achar que procurava alguma coisa dentro de mim. Uma comichão correu por onde costumava ser minha barriga como se algo bem pequeno, mas grande demais para estar ali dentro, abrisse caminho para fora, apertando-se contra as vísceras pegajosas. Como se necessitasse desesperadamente da luz. Uma borboleta azul. Mesmo com as asas manchadas de sangue, sabia que era azul. Recuperando-se com rapidez do desnorteio inicial, ela voou direto para fora de mim e atingiu em cheio o olho esquerdo de Nathan. O som foi semelhante ao de uma casca de ovo se quebrando.

O globo ocular de Nathan, vermelho e aquoso, sorria pra mim.

Percebi que ele estava nu como eu. Nu, mas ainda inteiro. Exceto pelo olho rachado e ensanguentado.

Uma tira de sangue fresco lhe desenhava a maçã do rosto e pingava da ponta do queixo.

Como que atendendo a um pedido não pronunciado, inclinou a cabeça e me ofereceu o olho ferido para beijar. Lambi a gota que estava prestes a cair do queixo. Uma gotinha de seu sangue. Uma gota apenas. Mas era minha. Eu a havia tomado.

8

Minha mãe estava sempre com os olhos pregados na televisãozinha preto e branco que jazia sobre o balcão da cozinha. Meu pai queria lhe dar uma maior, a cores, mas ela se recusava. Seus olhos zanzavam dentro da telinha de dez polegadas, como se ali dentro se abrissem estradas infinitas, cheias de bifurcações misteriosas. Na época, não sabia que minha mãe era uma mulher tola porque eu era uma garota tola.

Quanto a meu pai, havia apenas uma coisa que queria dizer a ele: enquanto os outros homens levavam seus filhos a bordéis e pagavam prostitutas para iniciá-los sexualmente, ele tinha criado a filha caçula para prestar os mesmos serviços ao primogênito. É claro que esse tipo de pensamento só tive um pouco mais velha, quando meu pai já não morava mais conosco. Seria a pior forma de insultá-lo e humilhá-lo. Não que eu odiasse meu pai. Sequer tinha empatia por minha mãe para me doer com o jeito indiferente com o qual ele a tratava. Apenas rebatia indiferença com indiferença. Sempre fui assim.

(Menos com Vicente.)

Na minha família, eu sempre me sentia vagando por um corredor repleto de portas fechadas. Atrás de cada porta, havia uma lembrança e uma possibilidade. Não que eu chegasse a bater. Mas passava horas quieta do lado de fora, tentando escutar os ruídos que vinham de dentro, imaginando quando alguém apareceria para abrir a porta e me convidar para entrar. Bater e pedir não teria o menor valor.

Minha mãe morreu do coração. Acho que já disse isso. Não me lembro do dia em que ela morreu. Foi depois da tragédia entre Vicente e eu. Foi depois do fim, do nosso fim, que eu pensei que o levaria a morte, mas, feliz ou infelizmente, apenas o levou para longe. Eu que deveria ter morrido, mas quase foi Vicente. E foi também, sem o "quase", nossa mãe.

Por um curto período, vivemos só nós duas no apartamento. Os homens sempre vão embora. E acho que já disse isso também. Minha mãe vagando pela cozinha, fervendo os próprios pensamentos dentro da panela, junto com o almoço. Eu enclausurada. Por que ela não me deixava sair? Não. Eu que não queria. Limpava a casa. Ela não me pedia, mas eu o fazia porque era o que dava. Limpava a casa, limpava o meu corpo, varria a sujeira – era o que eu conseguia fazer. Ela nunca mais disse meu nome. Depois de tudo. Acho que ela esqueceu como me chamo. O nome que ela me deu. Acho que ela se esqueceu dela mesma. Da parte *dela* que existia em mim. E morreu.

A porta do meu quarto, aquele que era meu antes de me mudar para o de meu irmão no "infinito no meio", encontrava-se fechada. Eu sempre a deixava aberta e, ao sair de lá minutos antes, não tinha sido diferente. Por este motivo, sabia que havia alguém lá. O som que chegava aos meus ouvidos era do chão sendo varrido.

Quando Bárbara abriu para mim, vestia ainda o uniforme de normalista, apesar do rosto de mulher madura. Um rosto que eu jamais havia visto. O cabo da vassoura de piaçava, sujo e velho, contrastava com a mão jovial que o envolvia. A firmeza daquela mão se destacava paralelamente ao rosto desgastado pelo tempo.

– Que bom que chegou. Quer me ajudar com a faxina?

– Sujeira não se acumula aqui.

– Agora, sim.

Queria perguntar a ela por onde tinha andado. Por que decidiu desaparecer (se é que *desaparecer* foi uma decisão sua – mas tinha a impressão que sim). Se estava viva ou morta. Porém, sabia que Bárbara não me responderia. Foi então que compreendi a natureza daquele lugar, do "infinito no meio": tratava-se de um ambiente neutro, em que nenhuma justificativa era requerida. Aos seres que por lá transitavam, não era exigida qualquer explicação acerca de sua natureza, ao contrário do mundo lá fora.

Entrei no meu antigo quarto e me sentei na cama de solteiro que um dia me pertenceu. O ambiente parecia limpo, exceto por um montinho de papéis picados, fotos amassadas e livros embolorados a um dos cantos. Aquilo ali era tudo que eu havia *deixado de fazer* durante todos aqueles anos, como me explicaria Bárbara.

– As coisas que *deixamos de fazer* vão se acumulando como lixo em nosso quarto – disse ela. – Se não tivermos cuidado, podemos acabar soterrados.

– Você limpou seu quarto também?

– Não posso mais voltar pra lá. O único que posso varrer é o seu.

– Este não é mais meu quarto.

– É sim. Olha – ela pegou um objeto pequeno e reluzente sobre a escrivaninha. Era o anel da professora. Aquele que Bárbara havia roubado para me dar de presente e por mim rejeitado.

Pensei em perguntar como tinha ido parar ali, já que me lembrava muito bem de tê-lo posto de volta na gaveta da professora a quem pertencia. Mas de nada adiantaria.

– *Lixo acumulado* – explicou, referindo-se obviamente ao anel.

– Você tem uma pá?

Ela me indicou uma pá de plástico roxo encostada à parede ao lado do armário. Agachei e me posicionei em frente a pilha de lixo. Bárbara empurrou folhas, fotos, livros, bijuterias, documentos, lembranças, tudo para dentro da minha pá. Ela o fez com lentidão e cautela, como se temesse que um fragmento qualquer de papel ficasse de fora.

– Bárbara – esperei pacientemente que ela terminasse todo o trabalho para lhe dirigir a palavra. – Não joga fora o anel.

Como se aguardasse aquele pedido, ela o pegou sobre a escrivaninha e o depositou na palma da minha mão esquerda. Escorreguei-o pelo dedo médio da mão direita e o deixei ali. Estava um pouco folgado, mas nada que causasse incômodo. Isso se devia ao meu costume de estalar os dedos. Os anéis passavam com aperto pelas juntas das falanges, mas ficavam largos na base, devido à irregularidade da grossura do dedo. Pelo menos eu sabia que minhas juntas levemente deformadas pelos estalos serviriam de trava para o anel e o protegeriam ali.

Ao ver o solitário prateado brilhando em meu dedo médio, Bárbara sorriu de satisfação.

– Fica muito melhor em você do que nela. Algumas pessoas deveriam se contentar que não merecem certas coisas e entregá-las a quem merece de verdade.

Senti que aquela frase ia além do anel. Possivelmente (ou assim eu desejava), relacionava-se ao motivo do sumiço de Bárbara. Mas eu não poderia afirmar isso com certeza. Tratava-se apenas de uma impressão.

De qualquer forma, não sabia se concordava com ela. Antes que pudesse exteriorizar meus pensamentos, Bárbara declarou que seu trabalho estava encerrado.

– Pelo menos por hoje – falou. – Mas se o *lixo se acumular* novamente, pode me chamar.

– Você não quer trocar esse uniforme antes de ir? Parece um pouco pequeno.

– Tá pequeno? É verdade, tem razão – ela sorriu um sorriso de mímico, pintado com maquiagem sobre lábios tristes. – Mas não sei se sua roupa vai me servir.

Bárbara acabou escolhendo um conjunto da minha mãe. Nunca cheguei a ter a oportunidade de me livrar dos pertences da minha falecida mãe, então havia bastante opção, incluindo sapatos e acessórios. Não que houvesse tanta diferença assim entre uma peça e outra. Minha mãe seguia certo *padrão* ao se vestir. O mais trivial possível. Eu chegava a crer que ela entrava nas lojas e pedia à vendedora a roupa mais comum disponível. Contudo, a saia lápis bege e a camisa de seda branca caíram extraordinariamente bem em Bárbara. Não que sua aparência fosse algo digno de nota, mas parecia pelo menos *ajustada* à normalidade daquelas peças de roupa, façanha jamais alcançada por minha mãe.

Antes de *desaparecer mais uma vez*, Bárbara se sentou ao meu lado no sofá da sala. Liguei a televisão e nós assistimos a um capítulo da novela. Pelo meio do capítulo, ela não estava mais ao meu lado. Lamentei não ter visto como ela sumiu. Teria simplesmente desaparecido como num corte seco de filme, que muda bruscamente de um plano para outro? Ou se dissolvido com suavidade, suas partículas pairando no ar como grãozinhos de poeira? Jamais saberia. Pela segunda vez, Bárbara havia desaparecido sob meus olhos. Não que tivesse tanta importância assim. Talvez ela soubesse que não tinha tanta importância assim, da mesma forma que eu não tive quando também sumi. Com a diferença que ninguém me procurou, parentes ou amigos, ao contrário dela. Se o *mundo externo* houvesse se preocupado em me procurar, eu seria igual a Bárbara. Mais uma para a estatística de desaparecidos. Sequer alcancei a estatística.

PARTE IV: ATRAVÉS

1

Não posso dizer que não amo Nathan. Mesmo de coração partido e expectativas frustradas, expectativas estas equivocadas desde o início. No meu coração, deixei de ser uma jovenzinha de olhos vendados à realidade. Isso se deu durante o curto período em que Nathan esteve ao meu lado e me fez sair do meu templo de eternidade vazia. Mentira. Essa é uma ilusão à qual gosto de me apegar. Na verdade, eu já tinha o coração envelhecido desde muito antes.

Era como se eu tivesse me dividido de novo.

Por dentro, havia amor e compreensão. Mas apenas raiva transparecia. Como se um composto químico pairasse à minha superfície e alterasse a natureza dos meus sentimentos. Só queria dizer a Nathan que ele era lindo sob todos os aspectos, que tudo que ele fazia era lindo, que sua mera existência imaculada me emocionava. Queria dizer também que cada uma das suas imperfeições constituía o elemento de uma fórmula cujo resultado era a perfeição do mundo.

Mais uma vez, estava me deixando levar pela paixão.

Sentei no fundo do ônibus vazio, o mais longe de Nathan que consegui. Lá de trás, dava para ver as abas largas do seu chapéu preto e o decote do seu blusão, o qual destacava seus ombros indiferentes. Ombros são sempre indiferentes, ao contrário de nuca e pescoço, que costumam sugerir algo. Desisti de encarar suas costas. Se fosse para ficar olhando para ele, melhor não ter me afastado tanto. Na falta do que olhar, fitei a barra do meu vestido-preto-de-funeral. Raras vezes usei um vestido depois de recuperada minha falsa liberdade. Justo naquele dia. Existem coisas superficiais que nos irritam demais e, por serem assim tão frívolas, a irritação dobra seu peso. Naquele dia, era o maldito vestido. A gargantilha de *spikes* no meu pescoço me apertava, então a arranquei. Foi com tanta força, na intenção de rasgá-la, que cheguei a me machucar. Meu drama me irritava ainda mais.

Eu não podia odiar ser quem eu era. Não depois de tudo. Eu não podia empacar novamente. É por isso que a raiva é um sentimento tão terrível, porque parece que nunca vai parar. Sabemos que vai, é de sua natureza transitória; porém, enquanto estamos absortos em seu frenesi, ela nos cega e se faz eterna.

Eu não podia odiar ser mulher.

Como tantas e tantas vezes odiei.

Mas, ao mesmo tempo, jamais desejei ser homem. Eles, que são tão fascinantes quanto vis... E não os acho fascinantes por serem *vis*, não sou assim tão sádica. Nunca apreciei as injúrias que me causaram, nem seu comportamento por essência doentio. Se há algo em comum entre eles é isso: são doentios. Pensei que Nathan seria uma exceção. Porém, novamente a exceção era eu.

Estava óbvio desde o início que eu queria ser como Nathan. Comecei a acreditar que pudesse me tornar igual a ele. Que pudesse *ser* ele. Usar as mesmas roupas, ter o mesmo corte de cabelo, frequentar os mesmos lugares. Tais atitudes evidenciavam ainda mais nossas diferenças, tornando-me uma tentativa de cópia ridícula e digna de desprezo. Talvez por isso ele agora me desprezasse. Ninguém quer alguém que é um grande nada ao seu lado.

O ônibus ainda estava longe do meu bairro.

A manhã intensificou, o sol cada vez mais forte, a claridade imponente divorciada por completo da sutileza da aurora. Meu corpo lutava contra o cansaço, mas minha mente, coberta de ansiedades, recusava-se a adormecer durante o longo trajeto de volta para casa. Quando dei por mim, Nathan estava sentado no banco ao meu lado.

– É perigoso ficar sozinha aqui atrás.

Não respondi. Minhas palavras, tão enfurecidas quanto eu, não se dignariam a sair.

– Você não vai falar comigo nunca mais? – insistiu.

Não.

– Já pensei em te pedir desculpas, mas não sei exatamente pelo quê. Isso não é justo, Ceci.

Essa conversa não é justa.

Por que a gente tem que se afeiçoar tanto a quem supostamente nos oferece liberdade? Por que eu precisava justificar minha dor a ele? Nathan só queria que tudo ficasse bem. Mas como ele poderia desejar tal coisa se a minha mera existência constituía um elemento perturbador em sua vida? Eu não era para *ser*. E ele sabia bem disso. Talvez fosse esse o motivo de sua afeição a mim – A Garota na Janela, um ponto fora da reta, um borrão atraente na tela da realidade. Nathan era fascinado por tudo aquilo que escapava ao comum, ao natural. Ao decidir subir até meu apartamento, descortinou uma possibilidade única de contato com o-que-não-fazia-sentido.

– Eu posso ser um produto da sua imaginação, Nathan. Já pensou nisso?

Minhas palavras saíram impregnadas de cinismo. Seus olhos afloravam incompreensão e tristeza. Logo que o conheci, questionei-o de maneira semelhante. "Se você não existe, então eu também não" – ele tinha me respondido.

Foi sua vez de ficar calado.

Estar sentada ao seu lado já não me incomodava mais. Aos poucos, as cores berrantes da raiva iam desbotando, aguadas pela melancolia que vinha se acomodar em nosso íntimo, infiltrando na espuma dos bancos rasgados, escorrendo pelo chão, transbordando pelas janelas do ônibus.

Caminhei calmamente até a sala e me sentei no sofá. Não tardou minha cabeça reclinar sobre o encosto, meus olhos pesados. Num minuto, Nathan estava ali ao meu lado. No outro, estava sozinha. Não por ele ter ido embora, mas por ter-se desfeito em minha concepção. Quem era Nathan senão um espelho? Ou uma porta que me conduziu para fora? A realidade cedeu, como sempre fazia. Meu coração se dobrou em várias partes, cada qual abrigando seu punhado de realidade. Se eu o abrisse e desmanchasse as dobras, as areias do tempo e do espaço se esvairiam.

Duas mãos ásperas taparam meus olhos fechados, barrando a luz do ambiente; duas outras mãos pousaram sobre meus ouvidos. Havia uma boca na minha, que me calava. E me sufocava.

"Você não sabe o que eu fiz", queria dizer à pessoa que me censurava.

"O que você fez?", me respondia, mesmo que eu não houvesse dito.

"Eu quis que ele morresse. Permiti que tomasse todos aqueles remédios sozinho. Ele queria que fôssemos juntos, propôs um pacto, a única maneira de resolver nossa história sem solução. De lavar nossos pecados com um pecado maior, definitivo. Mas eu o enganei. Estava pronta para a glória, ou para a danação eterna, sem ele ao meu lado."

"Você é uma mulher horrorosa, Cecília."

"Não sou? Mas isso talvez não seja algo ruim. Talvez eu queira ser uma mulher horrorosa."

"Você não tem pena do seu irmão? Você não tem pena de mim?"

"Eu não tenho que ter."

"Não tem que ter."

"Só sou importante quando sou egoísta. Quando sou cruel. Quando sou depravada. Então, pra mim, essas coisas não têm importância. E a sua crueldade? Ela não tem peso algum pro mundo. O que pesa é seu amor, sua bondade, sua doação. De fato, eu não tenho pena."

As amarras humanas que sufocavam meu rosto foram se afrouxando. No meu campo visual, foi se configurando o rosto do meu irmão. Éramos só nós naquela casa de novo, numa camada de realidade que me era difícil identificar.

– Como vocês conseguem fazer isso conosco? – o som da minha voz transbordava molhado pela minha boca. – Transformar nosso amor em ódio.

– Da mesma forma que você transformou meu amor em luxúria.

– Não me culpe por isso. Para mim, os dois nunca foram conflitantes, viviam em harmonia no meu interior. O que te incomoda não pode ser *minha culpa* de forma alguma. *Minha* vontade maior era transformar vida em morte.

– Essa é a coisa mais fácil do mundo.

– Vicente, que inferno! Esse é o inferno então? Nós dois não sobrevivemos, como pensei, acabamos tomando os remédios juntos conforme o planejado e morremos, um ao lado do outro. Foi isso mesmo que aconteceu?

– Não foi nada disso e você sabe muito bem. Você se acovardou. Me largou para morrer sozinho, esperou que eu engolisse os comprimidos e foi embora. Mas não é só por isso que você é uma mulher horrorosa.

Meus olhos, meu rosto, meu colo... eu toda coberta de lágrimas.

– Vou te dizer por que – a expressão de Vicente não se alterava, ele estava como que dopado pelos seus amados barbitúricos, aqueles que o acalmavam, aqueles que quase o levaram à morte. – Porque você ousou me amar de volta. Porque abriu a porta do seu quarto. Porque soltou os cabelos. Porque me deixou te olhar pelo espelho do banheiro.

– Tire a sua culpa dos meus ombros – gritei. – Tenho a minha própria.

– Você não tem, irmãzinha, você não tem nada aí dentro.

Eu chorava tanto que logo não conseguiria mais respirar. Havia braços, feito cordas, que envolviam os meus, amarravam-nos junto ao meu próprio corpo. Eu estava atada a mim mesma. Foi quando percebi que era apenas Nathan, sempre Nathan, tentando me tranquilizar.

A realidade fez um "clic" e se ajustou no lugar. Vicente não estava mais lá.

Implorei a Nathan que me soltasse e ele o fez, no primeiro segundo, jamais havia visto seus olhos tão assustados.

– Foi isso que eu fiz – solucei, engasgada na saliva e nas lágrimas. – Quis matar meu irmão. O único nessa vida que me amou.

– Ele não te amava, Cecília!

– Não diz isso, por favor, Nathan... Não diz isso...

– ELE NÃO TE AMAVA!

Não conseguia me controlar, meu corpo todo tremia, cada vez que Nathan insistia naquela afirmação, um novo espasmo ondulava no meu peito, no meu torso inteiro, nos meus membros.

Nathan novamente me envolveu, só que dessa vez sem tentar amainar meu destempero, seu gesto mais próximo a um abraço que a uma camisa de força. Mesmo que seus braços me acalmassem, eles não me eram suficientes. Parecia que meu choro jamais cessaria. Meus olhos doíam, meu nariz estava inchado, meus lábios vibravam involuntariamente.

Sempre soube que Vicente não me amava.

O que Nathan me dizia não era novidade. Mesmo desenganada, tinha lutado com todos os meus meios para viver numa ilusão, na beleza de um conto trágico que só existia na minha cabeça. Vicente sequer me via como uma pessoa. A irmã mais nova, esquisita, calada, suplicante, entregue. Como um brinquedo vivo.

Então, eu disse algo que jamais pensei que diria:

– Preciso vê-lo.

– Cecília, você está fora de si.

Era verdade, mas isso não invalidava minha urgência.

– Preciso encontrá-lo de novo, saber se ele ainda tá vivo. Tenho que olhar nos olhos dele com essa verdade dentro de mim, a de que nosso amor foi forjado pelos meus delírios infantis. Será que ele tem noção do que fez, Nathan?

E o que ele tinha feito, afinal? Não era minha e apenas minha a ilusão?

– Ceci, você só precisa esquecer isso de uma vez por todas! – Nathan estava visivelmente nervoso, mas sua voz denotava a obstinada intenção de me dissuadir.

– Você vai me ajudar? Aliás, não faz diferença. Mesmo sozinha, não pretendo desistir de procurá-lo. Você não vê que foi isso que me prendeu aqui? Esse sentimento sem nome que é uma mistura de covardia e ilusão e que, talvez, possa ser chamado de "infinito no meio"... Eu não tenho nada a perder e você sabe muito bem. Essa *vida* que nós começamos depois que você me convenceu a sair daqui também não passa de uma miragem, que não tem futuro além de se desfazer no ar. Não posso *deixar por isso mesmo*. Estraguei todas as minhas perspectivas apenas por *deixar por isso mesmo*.

Nathan me encarava como se eu tivesse roubado suas palavras e as jogado numa sacola sobre o ombro.

– Não tenho medo de ficar sozinha.

– Mas eu tenho, Ceci... – seu olhar se encobriu de ternura, seus ombros encolhidos denotavam uma fragilidade inesperada. Aquela era uma arma da qual eu não estava preparada para me defender.

– Eu não me importo.

– É claro que se importa. Você só *não quer* se importar porque com ele foi assim. Tudo que você menos quer agora é que suas atitudes sejam pautadas pelas reações que causam nos outros.

– Não deveria fazer diferença pra mim... se você me ama ou não.

Sem saber de onde surgiu, vi o medo nos olhos dele. Nathan estava em pânico. Caminhou pela sala, perdido. Por fim, encostou-se à janela e tateou o bolso da calça, no local em que ficava o maço de cigarros. Pensei que fosse puxá-lo lá de dentro e acender um cigarro, mas Nathan apenas largou a mão pendendo ao lado do corpo, como se perdesse a vontade tão logo ela havia surgido. Seu olhar flutuava pela paisagem do lado de fora.

– Quero te levar a um lugar – sua voz foi tomada por uma determinação repentina, mas ele ainda não me encarava.

Concordei, por mais que meu corpo estivesse no limite da exaustão. A ansiedade que depreendia de sua expressão não me abriu brechas para negar.

Entramos num táxi e ele informou ao motorista um endereço que nada significava para mim. Por mais que a curiosidade me corroesse, sabia que o certo seria não fazer perguntas. Levamos cerca de meia hora para chegar ao destino. Tínhamos adentrado um bairro nobre, cheio de ruas íngremes e casarões arborizados.

O táxi nos deixou em frente a um destes casarões. Comparada às mansões próximas, aquela poderia ser chamada de humilde. Ainda assim, possuía dois andares, varanda colonial e possivelmente uma piscina nos fundos. Ali morava uma família com situação financeira mais que satisfatória.

Nathan tocou o interfone quatro vezes, sem resposta.

Vendo que as coisas não saíam conforme o planejado, eu estava prestes a despejar-lhe as perguntas guardadas durante o trajeto. Quando abri a boca e tomei fôlego para falar, Nathan soltou um muxoxo de insatisfação e enfiou a mão no bolso da frente da calça. Puxou sua chave de casa. No molho que pendia do chaveiro com formato de abridor de garrafa, havia outras chaves além das que usava para entrar no prédio onde morava com a mãe. Eu havia reparado nisso, mas não é incomum para a maioria das pessoas guardar consigo chaves antigas e sem utilidade por pura displicência. Ele custou a achar a que abria o portão do casarão, testando duas outras antes de encontrar a certa, o que me deu a impressão que não a usava há algum tempo.

As perguntas na minha cabeça dobraram de número ao vê-lo entrar naquela casa pela porta da frente sem dificuldades.

A quietude imperava no interior do cômodo, uma sala de estar ampla e bem decorada, num estilo propositalmente rústico.

– Senta aí – ele me indicou um sofá com estofado de couro marrom. Obedeci-o, mas ele não me acompanhou, inquieto. Seus pés pareciam caminhar sobre brasas. – Acho que não tem ninguém em casa, vamos ter que esperar.

Sua voz soava dolorosamente trêmula. Nunca o havia visto tão nervoso.

Compreendi que a falta de explicações de Nathan nada tinha a ver com a necessidade de preservar um mistério ou fazer surpresa. Ele apenas estava tenso demais para falar. Após suas últimas palavras, pensei que ele fosse vomitar no chão de tábua corrida.

Aguardamos no mais completo silêncio por tanto tempo que nem sei precisar. A atmosfera angustiante não demorou a me dominar. Estava ficando com medo do que viria a seguir, mesmo sem pista do que poderia ser.

– Nathan... – tentei, mas seu obstinado olhar para a porta não deu sinal de me conceder atenção.

Impaciente, ele tirou o celular do bolso e digitou alguma coisa. Aguardou a resposta à mensagem recém-enviada.

– Vamos embora daqui – guardou o celular, num gesto brusco e afobado. – A gente nem deveria ter vindo.

Quando fez menção de se dirigir à porta, eu o interrompi.

– Nem queria vir aqui, em primeiro lugar – reclamou.

– O que é *aqui*, Nathan? – exaltada, pus-me de pé. Estava pronta para impedi-lo de sair, caso ele tentasse. – Você pode me explicar?

Foi quando um ruído eletrônico de canto de pássaro ressoou na sala.

Nathan quase deixou o celular cair quando o retirou do bolso para verificar a mensagem recebida.

Suas sobrancelhas se ergueram. E, antes que ele me informasse o que viria a seguir, ouvimos passos na escada. Passos arrastados e lentos, preguiçosos, semelhantes ao arrastar de chinelos do meu pai quando despertava de seu cochilo no sofá depois do almoço.

– Por que você não subiu? – disse uma voz sem vontade. Era voz de homem e vinha do topo da escada. – Podia ter me acordado.

– Não podia, não – Nathan respondeu, ríspido.

Pelo tom de Nathan, ficou bem claro que o homem que descia as escadas era seu pai. Suspirei de alívio. Mesmo que a relação dos dois não fosse das melhores – e isso era óbvio –, aquilo não passava de uma visita familiar obrigatória. Por que Nathan tinha decidido me levar junto, eu não fazia ideia. Talvez minha história trágica o tivesse impelido a tentar melhorar a relação com a própria família ou, numa perspectiva mais pessimista, ele pretendia me apresentar ao pai como namorada de fachada. Não tinha como saber.

Mas, assim que meus olhos caíram sobre o rosto do homem, eu soube.

Passava dos cinquenta anos. Cinquenta e quatro, se minhas contas não falhavam. Apesar do porte atlético conservado, seu rosto não tinha envelhecido bem. Os olhos estavam fundos, adornados por bolsas escuras, e os sulcos em seus cantos externos e no espaço entre as sobrancelhas gritavam. Um rosto abatido, desmanchado. O sorriso era a maior mentira que já existiu. Entre os cabelos grisalhos, ralos, perduravam alguns fios acobreados.

– Veio com uma amiga, é? – Vicente perguntou. – Devia ter avisado, teria pedido para prepararem um lanche.

– Você deve estar brincando – os lábios de Nathan tremiam, ele estava a ponto de chorar.

Nathan, eu te odeio muito. Nathan, como eu te odeio! Você não faz ideia. Se tivesse uma faca, enterraria no seu peito, ou melhor, abriria ao meio sua garganta mentirosa. Nathan, assim como seu pai, era feito de mentiras. Talvez eu, Cecília, A Garota na Janela, não passasse de uma peça forjada e fabricada pelas falácias dos dois, pai e filho. Senti-me um objeto oco nas mãos do tempo.

"Veio com uma amiga, é?"

"Você deve estar brincando."

Até que ponto levariam aquele jogo? O quão alto poderiam lançar meu corpo e minha alma, se é que ainda havia uma, durante aquela brincadeira diabólica? Era como se o sangue escorresse pelas minhas pernas novamente, o sangue do meu útero, o sangue do meu hímen.

Isso é culpa sua, Cecília.

Sua e apenas sua.

Por que se entregou nas mãos desses dois? Com tantos caminhos para trilhar, tantas possibilidades para explorar, com tantas Cecílias para ser... Por que preferiu incumbir a eles seu destino?

É culpa sua, Cecília.

Não, mãe. Não é. Não é!

Minha filha, por que você se perdeu assim?

Minha filha, seu pai vai te matar!

Cecília é um nome muito lindo, é um nome de santa. Eles falam na missa, reparou? Você não presta atenção nessa parte. É que é perto da comunhão, mãe, eu passo mal porque fico duas horas em jejum pra receber a hóstia.

Se você a receber em pecado, está tomando sua condenação.

Veio com uma amiga, é?

Posso tirar as meias?

– Por isso eu não queria que você o visse – Nathan disse ao meu ouvido, a voz embargada.

Vicente, imune ao drama que se desenrolava perante seus olhos, expressou um comentário banal, enquanto se dirigia ao bar e se servia de uma dose de conhaque.

– Ela é a cara de uma tia sua quando jovem – e, voltando-se a mim: – Quer beber alguma coisa? Você não parece menor de idade.

– O que aconteceu com ela? – perguntei, afastando Nathan e indicando que não se aproximasse.

– Com quem?

– Sua irmã, Cecília.

Notei a tensão nos dedos que envolviam o copo aumentar à menção do nome.

– Não sei. Não a vejo há muito tempo.

– Vocês eram muito próximos? – resolvi entrar no jogo. De rabo de olho, captei a expressão de desespero de Nathan.

A cor abandonou o rosto de Vicente. Ele tomou metade de sua bebida em um gole. Seus olhos se voltaram a Nathan, como se o inquirissem a respeito de algo.

– Você é parente dela?

– Não – respondi.

– É uma pena. Gostaria de reencontrá-la – seu tom se coloriu de preocupação forjada. – Meu filho, você está bem?

Toda aquela última frase havia sido uma mentira. Por inteiro, cada palavra.

Nathan suava. Trincou os dentes para não chorar. Em contraponto à sua reação, eu permanecia impassível, como que medicada. A perturbação e as lembranças de outrora foram abandonando meu interior, fragmento por fragmento. A decepção gera, na maioria dos casos, uma resignação apática.

2

Deitei na antiga cama de Vicente.

A paralisia se espalhou pelo meu corpo.

A Pisadeira veio. Suas gargalhadas histéricas não passavam de um eco distante. Seus pés esmagavam minha caixa torácica, mas ela não pulava sobre meu peito como era seu costume, permanecia quase tão imóvel quanto eu. Talvez ansiasse pelo meu choro. Ou, então, meus olhos abertos a haviam surpreendido. Seus cabelos desgrenhados e seus dentes podres não me assustavam mais. De todas as coisas feias que eu tinha visto, aquela sequer podia ser classificada como tal.

Não tenho medo de mais nada, pensei.

Enquanto ela pressionava meus pulmões e me impedia de respirar, cheguei a pensar que desta vez, ao contrário das outras, era-me permitido morrer. Afinal, as grades da minha prisão há muito tinham sido quebradas. Contudo, a Pisadeira não tentava me matar. Não era uma assassina. Alimentava-se do medo, não da morte. E eu já não temia mais nada. "Você não vai chorar?", diziam seus olhos intrigados. As gargalhadas cessaram. Tinha certeza que meu corpo, tão ressequido quanto o dela, não possuía sequer uma gota de lágrima.

Aquele homem, o pai de Nathan, era Vicente. Não havia dúvida.

Nathan sabia desde o início, desde quando lhe mostrei a foto do meu irmão fardado, possivelmente até antes disso. Talvez soubesse quando me viu na janela do "infinito no meio" e resolveu subir para me encontrar e interromper minha expiação-que-não-passa.

Ouvi uma sinfonia na minha campainha.

Ouvi minha porta ser esmurrada.

Que ele a pusesse abaixo, caso desejasse.

Nathan sabia quem eu era desde o início. Vicente não se lembrou de mim.

Não me reconheceu. Não viu em meu rosto a menina com a qual se deitou pela primeira vez, a que guardou um feto seu no útero, sua irmã e sua cúmplice amada, aquela que quase provocou sua morte. Para ele, meu rosto e meu nome não passavam de uma coincidência.

Então, baixinho, a Pisadeira começou a chorar. Olhei-a bem nos olhos injetados, pois ela não me assustava mais. Talvez, em anos perdidos no tempo, ela tivesse sido uma garota idiota como eu. O peso de seus pés encarquilhados não fazia mais diferença sobre meu peito. Gostaria de perguntar a ela o que a tornara a criatura triste e horrenda que era. Mas não era capaz de falar. Além do ar que me faltava, minha garganta doía tanto que parecia prestes a se romper.

Foi quando um ruído curto e metálico invadiu o quarto que a Pisadeira desapareceu. Antes de sumir feito gelo que se dissolve na água, captei em seus olhos monstruosos um lampejo de medo. O som vinha algo que eu não ouvia há um sem-número de dias, pelo menos naquele apartamento. Um girar de chave na fechadura.

O ar apressado que me preencheu após a Pisadeira me libertar me fez tossir. Senti ódio da minha reação involuntária. Quem quer que estivesse entrando em casa naquele momento, não poderia saber de jeito nenhum que eu estava ali. Que eu estava viva e inalterada.

Quem entrou no quarto, daquela vez, não foi um fantasma.

Vicente não tinha mais vinte e cinco anos, tampouco vestia sua farda da aeronáutica. Era o homem de meia-idade que tinha visto mais cedo, de rosto derrotado e cabelos grisalhos.

– Quem é você? – perguntou.

– Você precisa de palavras para saber quem sou eu?

Ele se sentou ao meu lado na cama que um dia fora sua.

– Sou um fantasma de carne e osso – respondi, olhando-o nos olhos.

Sabia que ele queria me fazer muitas perguntas. Contudo, apenas me observar e se certificar da minha existência deveria ser muito mais esclarecedor que qualquer resposta minha. Vicente ergueu a mão, como se fosse tocar meu rosto. Eu o teria mandado parar ou, caso ele não obedecesse, dado-lhe um tapa para afastá-lo. Mas não foi preciso. Vicente desistiu de me tocar tão logo sua mão começou a desenhar o movimento.

Como sempre, ele não falava.

Seu silêncio, porém, não me cortava mais em mil pedaços como outrora.

Estava ciente que quem deveria abrir a boca era eu.

– Preciso que você me perdoe – precisei espantar todo o meu desprezo para dizer. O assunto que estava para abordar sempre me punha lágrimas nos olhos. Contudo, naquele momento, para minha surpresa não sentia vontade alguma de chorar. – Quer dizer, quero te pedir perdão – achei melhor reformular a frase. – Por ter te deixado tomar os remédios sozinho. Por ter descumprido nossa promessa de suicídio, por ter fugido.

Vi um sorriso de canto de boca iluminar sua feição.

– Você não aprendeu nada.

O sorriso se transformou numa risada curta e baixa.

– Nunca pensei que fosse ter a oportunidade de te contar a verdade. Nunca pensei que fosse querer te contar a verdade, em primeiro lugar. Mas vê-la assim, Cecília, a mesma criança de sempre, me faz não me importar mais com o jeito que as coisas aconteceram – após a incredulidade inicial, seus olhos se tornaram imperscrutáveis. – Você se lembra daquele meu colega da aeronáutica que tinha um irmão mais velho farmacêutico? Foi ele que me conseguiu os comprimidos de açúcar, os que eu tomei naquele dia enquanto você cuspia seus barbitúricos de verdade na pia. Eu era jovem e burro naquela época, eu sei. Mas você era mais. Podia fazer mais uma besteira e nos colocar em perigo. Depois da sua gravidez, nossa mãe quase infartou. A saúde dela piorou ainda mais depois que nosso pai nos abandonou. Você sabe por que ele foi embora, não sabe, Cecília? Eu queria salvar o pouco que restou da nossa família.

– Vicente... Que grande herói você é! – não havia mais Pisadeira, mas eu estava prestes a sufocar novamente. – Como você tenta *salvar sua família* assassinando sua irmã?

Ele não precisava responder.

– Não vou te perguntar se em algum momento da sua vida você me amou, se foi apaixonado por mim de verdade, se sentiu por mim afeto. Isso seria infantil e inútil. Não me serve de nada. O que quero saber é se... por acaso... eu alguma vez fui *alguém*. Uma pessoa. Uma irmã, que seja. Qualquer coisa.

Reprimia as lágrimas. Ele não me veria mais fraca do que eu já estava.

– Você que acabou com essa família que quis tanto salvar. E se não enxerga isso, é um doente. Sim, você é um doente, meu irmão. Eu também sou. Você é igual a mim, não tem nada de nobre ou superior à sua irmãzinha pervertida. Assim como eu, é repulsivo, digno de desprezo. E não só desprezo! Você precisa carregar sua culpa. Não é possível que em seus ombros não pese nada! Essa é a única coisa que nos diferencia.

O rosto de Vicente se tingiu de pavor.

Não por causa das minhas palavras débeis. Elas sequer atingiam seu âmago, distante e protegido como um presídio de segurança máxima. De repente, havia um corpo sob o meu, um colo nu e molhado, mãos aquosas que aparavam minha cabeça e recebiam meus fios de cabelo suados. Meu suor quente se misturava à umidade fresca da sua pele. Olhei para cima e vi o rosto de Atla, a *selkie*, desta vez mais assustador, as maçãs saltadas e os olhos gelatinosos. Ela se parecia muito mais com uma criatura marinha do que nas vezes em que a havia encontrado em minha banheira. Mesmo assim, não senti medo. Compreendi que a aparência assustadora não se direcionava a mim, que seu colo me acolhia com carinho e suas mãos frias me acariciavam cheias de cura e amor.

O efeito oposto surtiu em Vicente.

Meu irmão cambaleou para fora do quarto, como das vezes em que me visitava drogado por barbitúricos, arrastando o corpo robusto pelas paredes. Não houve batida de porta, por isso suponho que ele a tenha deixado aberta quando saiu, em seu pavor, do apartamento.

3

Quase uma semana depois, soube por Nathan da morte de Vicente.

Lógico que ele não teve coragem de vir me contar pessoalmente ou sequer me telefonar. Deixou uma mensagem no celular. Seu pai estava desaparecido desde o dia do nosso encontro, tendo seu corpo em decomposição sido encontrado na praia, dias depois. A morte não demorou a ser declarada como suicídio. A mim, soava como uma piada. Mesmo tendo ingerido química com potencial para matá-lo durante toda a juventude, Vicente era frio e egoísta o suficiente para frear suas pernas à beira do precipício, mesmo sabendo do bem que faria a tanta gente caso decidisse pular. Isso sem falar na imensa ironia que o declarado suicídio lançava sobre nosso "pacto de morte" por ele dissimulado.

No meio de todo aquele caos, a única coisa que eu sentia era saudade de Nathan. Saí para ir ao enterro movida pela vontade de vê-lo. Fantasiava com sua imagem em meio às lápides, sentado sobre um túmulo decrépito, as coxas quase femininas, quase nuas, quase transparentes, cobertas por meias pretas cinco oitavos com barras de renda. O short curto cruzado por cintos cheios de *spikes* e rebites, o blusão felpudo que me emprestara tantas vezes e eu adorava, o cabelo de um preto artificial caindo sobre o rosto sempre maquiado.

Contudo, eu sabia que ele não mais fazia parte da minha vida. Algo havia se rompido. Uma parede de vidro nos separava. Eu podia tocá-la; podia até soprar meu hálito sobre ela, embaçando-a, para depois rabiscar com a ponta do dedo um ponto de interrogação. Todas as minhas paredes, muros, portas trancadas e janelas lacradas eram feitas de vidro agora. Não mais me reduzia a ouvir os sons do outro lado, agora eu podia *ver*. E quando você *vê*, os sons deixam de ser tão importantes. Em compensação, as paredes se tornam inquebráveis. As janelas e portas, invioláveis. Mas há um jeito de quebrar o vidro. Deve haver. Se não, por que ele haveria de ser transparente?

Ninguém notou quando me aproximei do local onde o caixão era sepultado. O dia estava quente e nos cemitérios os dias parecem ainda mais quentes. Uma mulher bem-vestida e com o rosto oculto por imensos óculos escuros segurava uma caixa de papelão com pétalas de rosas. Ao seu lado, um padre aguardava calado o caixão descer, por vezes olhando de soslaio a mulher com as rosas – que deduzi ser a esposa de Vicente – como se a incentivasse a lançar as pétalas sobre a sepultura. Mas ela não o fazia. Ela tinha os cabelos tingidos de vermelho-escuro, puxados para trás num coque elegante, e não devia passar dos quarenta e cinco anos. Seu rosto plastificado sugeria alguma intervenção cirúrgica, mas nada gritante. Como não dava para ver seus olhos, sua emoção resumia-se a uma máscara e sua expressão corporal não indicava nada além de cansaço. Próximo a ela e ao padre, havia um rapaz alto, de vinte e poucos anos, com aparência formal demais para a sua idade. Deveria ser bem-sucedido. Um prodígio. Desses rapazes "bem-criados", treinados desde cedo para não olhar para o lado e não cultivar desejos que fujam à meta preestabelecida. Filho mais velho de Vicente. De vez em quando, esfregava o ombro da mãe com pesar.

A maioria das pessoas ali eram homens de meia-idade, cuja postura retesada sugeria que poderiam ser militares ou executivos, e suas esposas. A única mulher jovem presente era eu, porém, ainda assim, ninguém olhou para mim. Em contraponto, quando Nathan chegou todos os olhares se dirigiram a ele.

Vestia roupas sóbrias, sempre negras, e não dava para ver se seus olhos estavam pintados devido aos óculos escuros. Sua imagem surgiu bem diferente da minha fantasia de outrora. Claro. Mesmo assim, a reação desencadeada em meu íntimo pela sua presença me tomou de assalto. Em uma outra realidade, poderíamos passar a noite fazendo planos que jamais realizaríamos. Sempre imaginei que as pessoas que queremos bem são aquelas com quem gostamos de gastar tempo fazendo planos que nunca serão concretizados. Há tanto prazer – e amor – em compartilhar com alguém um futuro imaginário quanto efetivamente construir lembranças juntos.

De mãos dadas com Nathan, vinha uma mulher que quase alcançava a altura dele, devido aos saltos altos. Seu rosto marcava sua idade com elegância – devia ter pouco mais de cinquenta – e seu cabelo castanho tinha comprimento médio, cobrindo as orelhas. Um cabelo que chamava atenção, de corte moderno e raro de se ver numa mulher daquela faixa etária. De vez em quando, ela escondia parte do rosto no peito de Nathan e seu cabelo ocultava a outra face.

Mesmo que os dois, a mulher e Nathan, demonstrassem algum sofrimento e chegassem a chorar de vez em quando, sua linguagem corporal denotava indiferença. Um tantinho de nada de dissimulação. Mas, no geral, indiferença.

Não poderia culpá-los. Me sentia da mesma forma.

Olhando aqueles dois, a parede de vidro se fazia ainda mais presente.

Quando ela me viu, apertou com força a mão de seu sobrinho, Nathan.

Era difícil me reconhecer no rosto dela.

Eu não sabia se o restante da família de Vicente ali presente a conhecia. Ela era tão diferente deles que achava difícil que nutrissem qualquer relação. Eu teria me afastado o máximo que pudesse daquelas pessoas. Mas eu teria me afastado o máximo que pudesse de *qualquer coisa*, e era isso que diferenciava a mim, a garota presa no "infinito no meio", daquela agora postada à minha frente. A Mulher Que Continuou.

Minha vontade foi virar as costas e sair antes do fim.

Mas o olhar da mulher me prendeu. Se ela não queria que eu fosse embora, então *eu não queria ir*. Os minutos foram se esvaindo como os *frames* de um filme acelerado. As pessoas saíram de cena, como se fossem painéis de madeira retirados por hábeis contrarregras, com o objetivo de deixar o palco limpo para o próximo espetáculo o mais rápido possível. Restaram apenas Nathan, A Mulher Que Continuou e eu. E a cova de Vicente.

Por fim, Nathan soltou a mão dela e foi embora, como se esperasse por aquela situação e apenas cumprisse seu papel no *script*. Não havia plantas para deixar o cenário bonito ou fresco. Havia apenas sol e mais sol, lápides sujas, flores secas abandonadas. Nenhum resquício de vida.

Ela veio vindo na minha direção e eu não recuei.

Nossos olhos, tão diferentes por conta das rugas dela e das

minhas olheiras, se enfrentavam e se moviam na sincronia de um espelho. Mas ela os tinha aquosos, prestes a se derramarem em lágrimas, enquanto os meus estavam secos. Ela pegou minha mão e tocou meus cabelos. Tocou minha nuca como se procurasse pelo resto da cabeleira, como se não acreditasse que não estava ali, desprezando aquilo que deveria ser realmente inacreditável: que *eu* estava ali. Faltava a mim a coragem de tocá-la. Então ela me abraçou. E eu me vi entrando naquelas memórias, naquele corpo vivido e moído pelos sofrimentos, naqueles olhos cheios de sorrisos guardados. Me senti em seu estômago e em seus pulmões. E entre seus pulmões, em seu coração. Fui preenchida, ou melhor, *fui preenchendo* dentro dela toda a vida que ela havia trilhado enquanto eu me lamentava no alto da minha torre urbana.

– Nós esquecemos como é difícil fugir – ela me disse, de dentro do abraço. – E fugimos mesmo assim.

– É mais fácil continuar?

– Pensava que seria impossível *não continuar*, mas você é a prova de que eu estava errada.

– Você conseguiu deixar de amá-lo? Vicente. Você conseguiu perdoá-lo?

– Acho que nunca o amei.

– Não é possível.

– É sim – ela sorriu. – A dor nos contorce com tamanha intensidade que chegamos a achar que não vamos aguentar. Mas, depois que ela finalmente passa, percebemos que ela nos deformou de tal forma que agora precisamos nos tornar *uma outra coisa*. Não restou mais nada do jeito que era antes.

De repente, eu não sabia mais qual o meu lugar no mundo, vendo-a ali. Não havia necessidade de *outra Cecília*, mas eu não podia simplesmente deixar de existir.

– Por que eu ainda estou aqui?

– Porque você sempre esteve. E acho que sempre vai estar.

Então, ela, que não havia desgrudado da minha mão, levou-me ao nosso antigo prédio. Mais meu do que dela. Mas igualmente nosso. Antes de subirmos, porém, nós nos sentamos num dos bancos da pracinha. Naquele mesmo banco em que tinha visto Nathan fumando certa vez, há tanto, tanto tempo.

Nós esperamos que ela aparecesse.

Não demorou.

Seus cabelos muito compridos, porém minguados. Seu vestido

de algodão de estampa miúda. Seus olhos de quem se esconde e vai se esconder para sempre. A Garota Na Janela.

Eu não estava surpresa em vê-la. Contudo, me entristecia saber que nada poderíamos fazer para salvá-la.

– Não tenha medo, Cecília – disse A Mulher Que Continuou, pronunciando meu nome pela primeira vez. Nosso nome. Mais meu do que dela. Mas igualmente nosso.

EPÍLOGO

A CARTA DE NATHAN

Minha adorada Cecília,

Vi sua carta.

Você sabe que eu vi, mas não falou nada. Claro, eu não falei nada.

Se você soubesse o motivo desses meus "problemas de comunicação", jamais me acharia digno de ser transformado em poesia. Posso dar uma pista: você me confunde. Não estou querendo simplificar as coisas pro meu lado jogando a culpa em você, não é isso. É que eu tenho mais de uma Cecília com quem me preocupar e isso acaba me confundindo mais do que deveria. Você, mais do que ninguém, sabe como essa minha mente anuviada não me ajuda em nada. Por consequência, também não ajuda você *em nada.*

Cecília, Cecília. Ceci. Nunca consegui te chamar de tia. Foi por isso que acabei te enganando. Quer dizer, não só por isso. Meu pai já me dizia que eu só sei mentir e enganar. Antes, pensava que ele desejava me ofender com essas palavras. Agora, sei que se trata de um grande elogio. "Olha, meu filho, como no fundo você se parece comigo". Mas não é verdade. Não me pareço com meu pai. Nem na coisa da mentira. Eu não minto por indiferença como ele. Minto por ilusão. Como maquiagem. Como os mágicos. Não num sentido negativo, para tirar proveito e arrancar alguma coisa de alguém. Desculpe a pretensão, mas ouso dizer que minto como os artistas, para criar um mundo falso no qual seja menos insuportável viver, tanto pros outros quanto pra mim. Principalmente pra mim. Talvez aí eu seja mesmo egoísta.

Desculpe. Você veio toda poética pra cima de mim e eu aqui revelando que sou um mentiroso. Revelando não, admitindo. Não que você não saiba.

Cecília(s).

Pra qual de vocês vai essa carta? Pra Garota Na Janela ou pra Mulher Que Continuou? Qual delas ficaria mais surpresa com minha capacidade de me expressar? Quer dizer, algumas frases saem meio estranhas. Minha mãe diz que eu só falo besteira. Mas não como uma crítica. Ela diz isso como se fosse inacreditável que alguém como eu *possa ter tanto ânimo, ou "presença de espírito" como ela chama, para levar a vida tão pouco a sério. Ela deveria saber que eu finjo muito bem. Mas, ao contrário do meu pai, minhas* habilidades especiais de ilusão *não são visíveis a ela.*

Cecília,

Eu toquei o rosto dela, da Mulher Que Continuou*, tantas vezes antes de tocar o seu. Sou o único que realmente cuida dela, não que ela precise ser cuidada, mas não consigo evitar. Foi ela que me procurou e pediu para que não contasse nada ao meu pai, que estava viva, que tinha sobrevivido* apesar *dele.*

No início, pensei que ela me quisesse por perto por causa das semelhanças (que eu não vejo, mas que ela devia ver – a gente sempre vê o que quer) com meu pai. Depois, ao conhecer você – a Garota Na Janela*, percebi que essas suspeitas não tinham fundamento.*

Quando ela me mostrou uma foto dela, sua, mais jovem... A ligação com a Garota na Janela *foi imediata. Foi então que uma segunda (ou terceira) Cecília entrou na minha vida.*

Cecília,

Esta história não é sobre o meu pai, tampouco sobre mim. É sobre você. Também é sobre a Mulher Que Continuou*. E sobre a* Garota Na Janela*. Mas creio que a essa altura você já saiba disso. Nunca precisei lhe contar nada, muito menos sua própria história. Pense em mim como mais um fantasma. Ou um* espelho*. Me coloque naquele lugar entre os seus pensamentos que reservamos às nossas melhores memórias. Não quero ser poesia. A poesia é formada por um punhado de coisas que não vivemos, nossos* não--ditos e não-feitos*, por isso é o exato oposto da memória.*

Se você não me quiser mais na sua vida, ou se a vida não quiser mais nós dois, que o vento frio de uma noite torta a faça se lembrar de mim. Mas não uma recordação sangrenta, paralisante, uma hemorragia nocauteadora que a impeça de continuar. Que eu seja uma "memória fôlego", a que tomamos antes de um passo difícil – ou, sendo menos pretensioso, só uma inspiração relaxada num dia de descanso.

Mesmo que você ainda me veja todos os dias. Mesmo que não nos separemos. Se eu for seu sobrinho, seu amigo ou seu amante – não importa qual dos três você vá escolher. Guarde um lugar para mim na sua memória.

AGRADECIMENTOS

Preciso agradecer a pessoas que nunca vão ler este agradecimento:

À Imogen Heap, pela música fantástica que é "Wait it out" e que me deu o título deste livro ("*Everybody says that time heals everything. But what of the wretched hollow? The endless in-between?*"). A todos os outros artistas que tanto me inspiraram e reforçaram as estruturas deste romance: Andrew McMahon, Regina Spektor, Tori Amos, Adore Delano, Miyavi, G-Dragon, Cartola, Johnny Hooker, The Smiths, Jorge Luis Borges, Julio Cortázar, Banana Yoshimoto, Han Kang, Hiromi Kawakami, Natsuo Kirino, Lygia Fagundes Telles, Clarice Lispector, Samanta Schweblin, Yi Sang.

Agora, principalmente, às pessoas que vão ler (espero):

À minha irmã, que prevê minhas ideias e dá a elas cores e formas antes mesmo de virem ao mundo, para criar as capas mais maravilhosas. Aos meus amigos, por me mostrarem que a vida tem graça fora da página e que a minha insistência na arte não é um delírio. Ao meu namorado, que agora finalmente mora comigo e acha "bonitinho" o modo como eu o ignoro quando estou trabalhando – não sei mensurar a sorte de ter alguém como ele ao meu lado. Ao meu editor, por acreditar tanto nessas minhas histórias desmanteladas.

Este livro foi impresso
em papel pólen bold na
Renovagraf em julho de 2017.